# 魔女たちの長い眠り

赤川次郎

角川文庫
16639

蔵ったち気いい習り

# 魔女たちの長い眠り　目次

# 1　知らせ

これからいいところ、というときに電話が鳴った。

「もう、せっかく犯人が分るとこなのに……」

尾形洋子《おがたようこ》は、TVから目を離さずに、呟《つぶや》いていた。――出ないで、放《ほ》っとこうかな。

しかし、洋子は、自分が結局、電話に出てしまうのが分っていた。この六畳と四畳半という、古典的構成のアパートに同居している宮田尚美《みやたなおみ》なら、きっと、

「用がありゃ、またかけて来るわよ」

と、平気で放っておくだろうが、洋子はそういう性格ではないのだ。

三回も鳴ると、もしかしたら、何か緊急の用件かもしれない、なんて思ってしまう。

実際のところ、尚美も洋子も、そんなに急を要する電話が入ることは、まず考えられなかった。どっちも、中小企業の――どちらかというと「中」よりは「小」の部類に入る――あまりパッとしないOL暮しだったからだ。

もちろん、もう結構長く勤めていて、洋子は七年、尚美は八年という古顔だった。ただ、

年齢からいうと、短大出の洋子が二十七歳、高卒の尚美は一つ年下の二十六だ。どっちにしても、そろそろ「結婚」という言葉が、少々重みをもって響き始める年代には違いない。それは、「現実味」を帯びて来る、と言い換えてもいいかもしれなかった。二人とも、正月休みなどに帰郷すれば、ワッと見合写真と「集団見合」をさせられるようになって、すでに三年はたっている。

だから、今度の正月は、もう帰るのやめて二人で旅行でもしようか、などと洋子と尚美は話し合っていた……。

電話が五回鳴ったところで、洋子は受話器を上げた。

「はい」

尾形です、とも、宮田ですとも言えないので、向うが何か言うのを待っている。洋子の目は、TVの方に向いたままで、サスペンスものの二時間ドラマが、今、突如として終ろうとしているのを、半ば呆《あき》れたように見つめていた。――何しろ、どう見ても四、五歳しか年の違わない恋人同士が、実は偶然親子だったと分ったというのだから、正に「サプライズ・エンディング」である。

「も、もしもし、洋子？」

何だかザワザワした所からかけているらしいが、いくらTVに気を取られていても、同居人の声ぐらいは分る。

「何だ、尚美なの。どうしたの？」

と訊《き》きながら、洋子は、今夜、尚美がデートしていたことを思い出していた。

相手は二つ年下の「可愛い」桐山《きりやま》君だ、と聞かされていた。もっとも、「可愛い」というのは、尚美の言葉で、洋子はその実物を目にしたことがない。

尚美の会社の同僚ということだったが、――お断りしておくが、尚美と洋子は全然別の会社に勤めているのである――ともかく、いい男のいない職場にポッと飛び込んで来たので、その争奪戦たるや、凄絶《せいぜつ》なものであったらしい。

その中で、尚美は一歩先んじてはいるようであった。

「――もしもし、尚美？　どうしたの？」

向うが、なかなかしゃべり出さないので、洋子はくり返した。とたんに――。

「やったわよ！」

と、尚美の叫び声が飛び出して来て、洋子は仰天した。

「な、何よ、一体！――ああ、びっくりした！」

「ごめん！　でも――ついにやったの！」

どうやら電話の向うでは、尚美が縄跳びよろしくジャンプしているらしい。

「やった、って、何のこと？」

「あのね、彼が――桐山君が、結婚を申し込んで来たの！」

「へえ……」

「あら、もっと喜んでよ」

「催促しないでよ。でも、おめでとう」

「ありがとう！　洋子には真っ先に知らせたくってね」

「良かったね」

「うん。――ちょっと考えてみます、とかもったいつけて、レストランから今出て来たとこなの」

「じゃ、桐山君は返事を待ってるわけ？」

「そうなの。少しじらしちゃおうかな、と思ってね。不安そうな顔すると、可愛いのよね本当に」

「私、知らないのよ」

「あ、そうか。じゃ、今度紹介するわね。――もう寝るとこだった？」

「まだ十一時よ。明日は日曜日だし」

「そうね。――ともかく、そういうことなの。先に寝ててね」

「どうぞごゆっくり」

「じゃあ！」

まるで、小学生だね、あの喜びよう。

洋子は電話を切った。——TVの方は、もうラストのクレジットタイトルが出ているところだ。

「やった、か……」

洋子は呟いた。

尚美が結婚する。——そうなると、洋子の方にも、色々と影響が出ることになるのだ。

「そうかあ……。一人になっちゃうわけだ」

この部屋、大したアパートではないのだが、それでも家賃を折半しているから、まあ何とかやって行ける。これで尚美がいなくなれば、家賃は全額、洋子の負担になるわけだ。

「苦しいなあ……」

おめでとう、とは言ったものの、洋子にとっては、あまりいい話じゃない。

もちろん精神的ショック——先を越されたという思いも、ないではないが、それは取りあえず別として、現実的にも、洋子はかなり考え直さなくてはならなくなる。

もっと小さい部屋に移る、ったって、引越しの費用や、また新たに敷金や権利金を払うこと、それに部屋探しの苦労を考えれば、容易ではない。それぐらいなら、ここで頑張って……。でも、いつまで？

その見通しが立たない、というのは、誠に気の重い話である。尚美の勤め先と同様、洋子の勤め先には、およそ付き合いたくなるような独身の男性がいない。妻子持ちでも、奪いたくなるような、魅力のある中年もいない……。

「よく考えなきゃね」

来週の予告編を見ながら、洋子は、立てた膝《ひざ》をかかえ込んで、そう呟いた。そこへ、また電話。

ＴＶを消してから、受話器を上げると、

「あ、洋子？　ごめんね、何度も」

と、また尚美の声である。

「どうしたの？」

「あのね……ちょっとね、色々あるもんだからね、だから――今夜、帰らないわ」

「え？」

「うん、つまりね、ほら、これからさ、行こうか、って誘われちゃったの」

「どこへ？」

「――ホテル」

へえ。なるほどね。

「へえ。なるほどね」

思った通り、言うしかないじゃないの！

「ね、悪いけど、だから今夜はたぶん……」

「いいわよ、私、子供じゃないもん。一人だって泣いたりしないから」

「ごめんね。でも、せっかくいいムードなんだもん。こういうことって、ほら、何となく成り行きっていうか……」

「言いわけしなくたっていいよ」

と、洋子は苦笑して言った。「ま、どうぞお幸せに」

「ありがと。じゃ――明日ね」

「はいはい」

洋子は、受話器を置いて、ますます気がめいってしまった。またTVを点《つ》けてみたものの、何も見たいものがなく、消してしまう。

「いい気なもんだわ」

この年齢《とし》になって――といっても、週刊誌に書かれている記事よりは、もっとまともなはずだが――洋子も尚美も未経験なのだ。

それなのに、尚美ったら……。何もわざわざ、あんなこと、電話で言ってよこさなくてもいいじゃないの！　当てつけがましく、さ。

今度は腹が立って来て、寝ることにした。その前にお風呂《ふろ》だ。

小さな浴槽なので、すぐにお湯も入る。

布団を敷いて――一組だけだ――着替えを出しているうちに、もう充分にお湯も入って、洋子は服を脱いだ。

尚美、彼と二人で入ってるのかな、などと考えたりして……。ため息と共にお湯に身を沈めてじっとしていると、そのうち、腹立ちもおさまって来た。

そう。——心底では、少々嫉《や》いていると同時に、喜んでもいるのだ。何しろ、一緒に五年も暮した、親友同士なのだから。

「大丈夫かなあ」

と呟《つぶや》く。

二人で暮していて、どちらかというと、洋子の方が姉、尚美が妹、というタイプであった。尚美がしっかりしていない、というのではないが、見た目も可愛い感じだし、のんびり屋なのである。

本来、洋子は末っ子で、尚美は妹もいると聞いていたから、逆になりそうなものだが、そこは、持って生れた性格なのだろう。

そう。——きっと、尚美があんな風に電話して来たのも、ただ嬉《うれ》しくて黙っていられなかったというだけではなくて、きっと、いくらかは、初めての経験への不安もあったのに違いない。

何か言ってやれば良かったかしら？　でも、私だって、未経験なんだから。それに、結婚前にそんなことしちゃいけないわ、なんて言えやしないし……。

まあ、子供じゃないんだ。どうってことはないだろう。明日、帰って来たら、お祝いでもしてやって……。根掘り葉掘り訊《き》き出してやろうかな。

しきりに照れる尚美の顔を想像して、洋子は一人でクスクス笑っていた。

――風呂から上って、まだバスタオル一つでいると、また電話が鳴り出した。もう十二時近くである。

「まさか、無事に済みました、なんて報告じゃないでしょうね」

と呟きながら、受話器を取った。「もしもし」

「あの――宮田尚美はおりますか？」

太い男性の声だ。

「いえ……。今、おりませんけど、どちら様で――」

「父でございますが」

洋子はびっくりした。

「まあ！　どうも失礼しました。私、尾形洋子と申します。尚美さんと一緒の部屋に――」

「お話はうかがっております。いつも尚美がお世話になって。尚美、おりませんですか？」

「はあ。あの――今夜は、会社の人と一緒に――旅行へ行ってまして」

苦しいところである。解釈次第で、嘘とも言えない。

「いつ戻りましょう」

「明日には戻ります。何か、お伝えしましょうか?」

「そうですか。いや――」

向うは、ためらっているようだった。「また明日でも電話するようにしますが……」

「そうですか。じゃ、もし連絡があったら、すぐそちらへ――」

と言いかけたのを、向うは思い直したように遮って、

「では一応伝えて下さい。実は家内が――尚美の母が、今夜、亡くなりまして」

「まあ」

洋子は絶句した。そんなに大変な知らせとは思いもしなかったのだ。しかし、尚美が桐山という男と、どのホテルへ行ったのか、見当もつかない。

「それはどうも……。あの――では、戻り次第、すぐ、そちらへ電話を入れるように伝えます」

「どうぞよろしく」

と、父親は言った。「それから、尚美に、こちらへは帰らないように、言って下さい」

「え?」

思わず、洋子は訊き返していた。「帰らないように――ですか?」

「はあ。事情はまた改めて説明します。ともかく、何も聞かずにこっちへ来るようなことはするな、と伝えて下さい。必ず、お願いします」

「かしこまりました」

——電話を切って、洋子は、奇妙な不安に、捉《とら》えられていた。

母親が死んだ。普通なら、大変なことではないか。それなのに、父親の言葉は、むしろ、娘に「帰るな」と伝えることの方に、こだわっていたように聞こえた。

なぜだろう？

尚美からは、両親の話も、故郷の小さな町の話も、そう詳しくではないが、聞かされている。その限りでは、家庭に特別の事情があったとも思えなかったのだが……。

しかし、母親が死んでも、帰るな、というのは、ちょっとまともではない。一体、なぜなのだろう？

洋子は、もう一度、電話を眺めた。尚美ったら、かけてほしいときには、かけて来ないんだから。

まあ——ともかく、どんな事情があるにせよ、あまり他人が口を出すことではない。洋子としては、人並みの好奇心の持ち主ではあったから、興味をかき立てられはしたのだが、尚美が自分から話してくれればともかく、こっちからしつこく訊くのはやめておこう、と思った。

洋子は身震いした。――バスタオル一つという格好だったのだ。
あわてて、パジャマを着ながら、洋子は派手にクシャミをした。

## 2
## 杭《くい》

ドアを激しく叩《たた》く音で、洋子は目を覚ました。

どれくらい叩いていたのだろう？　もう、何だか大分前から、その音が頭の中で鳴り響いていたような気がする。

「はい」

起き上って、声をかける。——やっと、それでドアを叩く音は止んだ。

洋子は低血圧である。すぐにパッと飛び起きると、よく貧血を起すので、ソロソロと起き出さねばならない。それにしても誰だろう？

枕元の時計を見る。——十一時？

「あ、今日は日曜日か……」

と、洋子は呟いた。

同時に、ゆうべ尚美が彼氏と外泊していたこと、尚美の父親からの電話も、思い出していた。

尚美ではない。尚美なら、自分で鍵《かぎ》を開けて入って来るだろう。洋子は、チェーンをかけずにおいたのである。

秋になったばかりとはいっても、このところ、朝方は冷える。今日は昼近くでも、少し肌寒いくらいだった。

パジャマのまま、というのも気がひけたが——。

「どちら様ですか?」

洋子は、ドア越しに声をかけた。

「警察の者です」

警察?——急に洋子の目が覚めた。

一体、警察が何の用だろう? 洋子はパジャマの上に、急いでカーデガンをはおって、玄関へ降りた。一応、ドアの覗《のぞ》き穴から外を見る。——刑事らしい男が二人、それに制服の警官も立っていた。

「——はい」

ドアを開けて、「何か?」

「ああ、失礼します」

眠そうな顔の、五十がらみの男が、言った。

「ええと……ここは宮田尚美さんの——」

「ええ。今はおりませんが」

「あなたは――」

「尾形といいます。一緒にここを借りているんです」

「そうですか。おやすみのところ、すみません」

「いいえ。それで……」

「実は……」

と、その刑事は、言いにくそうに、少し薄くなった頭をかいた。「宮田尚美さんが事故に遭われましてね」

「事故――」

洋子は、ちょっと青ざめた。なぜか突然、ゆうべの、尚美の父親の電話を思い出した。

――こちらには帰らないように言って下さい。

「それで尚美は？――けがでもしたんでしょうか？」

と、洋子は訊《き》いた。

その刑事は、傍の、まだ三十そこそこかと思える若い刑事の方を振り返った。若い方の刑事は、ちょっと素気なく、

「はっきりおっしゃった方が」

と言った。

「そうだな。――いや、びっくりされるでしょうが、実は彼女は殺されたんです」

と、その刑事はアッサリと言った。

「殺された……」

「ホテルで。男と一緒だったようなんですが、男の方は姿を消している。——ご存知ありませんか」

洋子は、ぼんやりした意識の中で、尚美と一緒だったのが、たぶん桐山努《つとむ》という、彼女の同僚だと思う、と答えていた。若い刑事が駆け出して行き、洋子は、年長の刑事に促されて、外出の仕度をした。

——やっと、自分を取り戻したのは、その刑事と並んで、パトカーに乗っているときだった。

「可哀そうに……」

洋子は呟《つぶや》いた。——涙は出て来なかった。

「宮田尚美さんとは、もう長く？」

と、刑事が訊いた。

「五年、あそこにいます。とても気が合って……。どっちが先に結婚するか、なんて冗談半分で競争してたんです。それなのに……」

「桐山という男は、ご存知ですか」

「名前だけです。尚美の話で聞いていただけで」

「ゆうべは、その男と一緒だ、と？」

「デートに行って、電話して寄こしたんです。彼が結婚を申し込んで来たって……。やったわよ、って、そりゃあ嬉《うれ》しそうに……。おまけに、あとでまた電話して来て、誘われたからホテルへ行くよ、って。あの子——初めてだったんです。でも、せっかくそんなムードになったから、いやとも言えなかったんでしょうけど……。あんなに——あんなに幸せそうで——」

不意に涙が溢《あふ》れて来た。でも、ほんの数分間のことで、洋子は、何とか立ち直った。

「すみません……。つい——」

「あなたには辛《つら》いでしょうが、一応、遺体を見ていただきたいんです」

「分りました」

「彼女の両親は……」

そう言われて、洋子はハッとした。

「そうだったわ。ゆうべ、彼女のお父さんから電話があって、お母さんが亡くなった、と知らせて来たんです」

「何ですって？」

「今日、尚美が戻ったら、それを教えてやるのが辛いなあ、と思ってたんですけど……。とんでもないことになったわ」

「不幸な偶然ですな」

と、刑事は肯《うなず》いた。「お父さんには大変なショックだ」

そう。妻と娘を一度に失うとは。

しかし、洋子は、同時に昨夜の父親の言葉――帰らないように、という言葉を思い出していた。

「私は須永《すなが》といいます」

と、その中年の刑事は言った。「犯人は、まずその桐山という男に間違いないでしょうが、何かとまたお手数をかけることになるかもしれません」

「喜んで協力させていただきますわ」

と、洋子は言った。

しばらく、黙り込んでしまった。パトカーは、ホテル街の中へと入って行く。すれ違うカップルたちが、物珍しげに振り返っている。

「今の二人なんか、どう見ても高校生だな」

と、須永が言った。「信じられん！」

「お子さんがおありですか」

「ええ。――今高校二年の娘が。結構、こんな所で鉢合せでもしたら、悲劇ですよ」

と、須永は真面目な顔で言った。

私も、こんな所には縁がないわ、と洋子は思った。――別に、不道徳だとか、そんなに頭が固いわけではないが、ただ、機会がなかった、というのが正直なところである。

洋子自身は、美人というほどではないにしても、まあ十人並みの器量である。しかし、目が悪くて、会社ではメガネをかけているせいもあってか、年齢より上に見られることが多い。学生時代には陸上の選手だったし、スポーツは好きだったのだが、それが却《かえ》って、ヘアスタイルなどに手間をかけるのを面倒くさがるという結果になっていた。

服の好みなども、少々地味すぎたのかもしれない。いつも尚美から、

「もっと若いのを着れば？」

と言われたものだ。

口やかましく言ってくれる人も、いなくなってしまった……。

「あそこだ」

と、須永刑事が、独り言のように言った。

室内は、ざわついていた。

映画やTVで見ていたから、ラブホテルの派手な装飾には、ほとんど目がいかなかった。ただ、洋子の目は、大きな円型のベッド――たぶんモーターで回転するやつだろう――の上、シーツに覆われたものに吸いつけられていた。

「顔を見ていただくだけですから」

と、須永が言った。「——大丈夫ですか？」

「はい」

と、洋子は肯いた。

その前に見せられていた、ハンドバッグや、中の小物は、確かに尚美のものだった。

ベッドの方へ近づいて行って、洋子は奇妙なことに気が付いた。

かぶせてあるシーツに、大きく、赤黒いしみが広がっているのは、血だと分ったが、真ん中あたりが、奇妙に高く、盛り上っているのだ。

「これは……」

と、洋子は、須永を見た。

「奇妙なんですよ」

須永は首を振った。「胸を——突き刺しているんですが……。それが、刃物とか、そんなものではないんです。木の杭《くい》なんですよ」

「杭？」

「その先を、鉛筆みたいに尖《とが》らせてね。——よく吸血鬼ものの映画でやるでしょう」

「ええ、胸に打ち込む……」

「ちょうど、そんな感じなんです。何の意味があるのか、さっぱり分りません」

洋子は、必死で呼吸を整えた。須永が、シーツの端を持って、洋子を見る。洋子は肯いて見せた。

須永の手が、シーツをまくりかけたときだった。突然、部屋の入口の方から、

「洋子！」

という叫び声が飛んで来た。

振り向く前に、洋子はその声が、尚美のものだと分っていた。しかし——そんなことが——。

「尚美！」

尚美だった。よろけながら、誰もが唖然《あぜん》として突っ立っている中、タオル地のバスローブをはおった姿で、駆け込んで来ると、洋子の足下に崩れるように倒れ込んで、そのスカートにすがりつくようにつかまる。

「尚美！——尚美、どうしたの！」

洋子は、かがみ込んで、尚美を抱き寄せた。

「私——私——閉じこめられてたの——隣の部屋に——縛られて」

洋子は、尚美の手首が紫色になって、食い込んだ縄の跡に、血がにじんでいるのに気付いた。

「まあ！　でも——生きてたのね！」

「悲鳴が――悲鳴が聞こえたわ。隣の部屋まで……」

尚美は激しく身を震わせていた。

「――失礼」

と、須永が声をかけて来た。「この人が、宮田尚美さん？」

「そうです！　じゃ――その女の人は別人なんだわ」

と、洋子は、やっと気付いて、言った。

「こいつは驚いた」

と、須永は首を振って、「すると、あなたを閉じこめたというのは？」

「女の人です」

と、尚美は、やっと少し落ちついた様子で言った。「私――先にシャワーを浴びて、出て来ました。桐山さんが入れかわりに入って……。私がそこのソファに座ってると、ドアをノックする音がして、『お飲物をお持ちしました』って言うんです。てっきり、桐山さんが頼んだと思って、ドアを開けたら、いきなり、頭からスポッと布をかぶせられて、ひどくお腹を殴られたり、けられたり……。気が遠くなって、やっと我に返ったときは、手足を縛られて、床に転がされてたんです」

「隣の部屋の？」

「ええ。ちょうど、その女が出て行くのが見えました。――その前に何か話していて……。

よく憶《おぼ》えていないんですけど、どうも、桐山さんを、あんたにとられてたまるか、っていうような……」

「入れかわるつもりだったんだな」

と、須永が肯く。

「何となく聞いたことのある声だと気付きました。たぶん、同じ会社の誰かなんだと思いますわ」

「悲鳴が聞こえたと言いましたね」

「ええ。どれくらい後だったのか。――よく分りませんが。私、手首の縄を何とか緩めようとしたんです。そしたら突然……。絞り出すような声で。恐ろしい声でした」

尚美は目を閉じて、息をついた。

「今まで隣の部屋に？」

「ええ。口にも布をかまされていて、声も出せなかったんです。それに、悲鳴の後、しばらくは怖くて身動きもしませんでした。騒ぎになってからは、何とか気付いてもらおうと思って……」

「えらい目に遭いましたね」

と須永は言った。「しかし、考えようによっては、あなたは命拾いしたのかもしれませんよ」

洋子はハッとした。この女は、尚美の代りに殺されたのかもしれない。

「――これは？」

尚美は、ゆっくりと立ち上ると、ベッドの方へ顔を向けた。

「殺されてるんですよ。てっきりあなたかと思って、こちらの尾形さんに来ていただいたんです」

尚美は、いきなり手をのばすと、シーツをつかんだ。

「尚美――」

洋子は、反射的に止めようとした。しかし、尚美の手は、既にシーツを大きくはぎ取っていた。

全裸の女が、血に染って、寝ていた。胸にグロテスクに突き立っているのは、正に、他に言いようもない、木の杭だ。

「これは――何？」

尚美が、真青になってよろけた。

「分りませんな。桐山という男は、何か吸血鬼の話にでも取りつかれていたんじゃありませんか？」

「桐山さんが……こんなことを？」

「今の所、最も可能性が高いので、捜しています」

と、須永は淡々とした調子で言った。「この女性に見憶えは?」

尚美は、そっと、ベッドのわきを回って、死体の顔の方へと近づいて行った。

その女の顔は、苦悶《くもん》の表情を、彫像のように止《とど》めていた。尚美の顔に、ふと驚きの表情が広がる。

「分りますか」

と、須永が声をかける。

「ええ……。会社の人ですわ。でもこの人、奥さんなんです。ちゃんと子供もいて。でも――そうだわ、この人の声でした」

と、尚美は呟《つぶや》くような声で言った。


「――母が?」

コーヒーカップを持つ手が止った。「母が――いつ?」

尚美の表情には、あまり驚きがなかった。あんな事件の後だけに、少し麻痺《まひ》していたのかもしれない。

「ゆうべ。お父さんから電話があったの」

洋子は、こわごわ言って、「ごめんなさい。早く言わなきゃと思ってたんだけど……」

夜になっていた。

尚美と二人、「命拾いをした記念」というわけで、気晴らしがてら、アパートから近いレストランに来ていたのだった。

やはり犯人は桐山と断定されていた。桐山は、アパートには帰っておらず、目下行方不明なのだ。指名手配されるのは時間の問題だろう。

もちろん、尚美にとって、今度の事件がいかにショックだったか、洋子にもよく分っている。桐山に殺されるところだったかもしれないのだから。

殺された女性は、どうやら桐山と尚美の後を尾《つ》けていたらしい。夫とうまく行っておらず、その苛立《いらだ》ちから、若い桐山への思いを募らせていたらしかった。

「母が……。そうなの」

食事を終えるのを待って、洋子は、尚美に母親の死を知らせることにしたのだった。

「——人生最悪の一日だわ」

と、尚美はため息をついた。「でも——大丈夫よ。あんな事件の後じゃ、ショックも小さいわ」

「帰ったら、お父さんへ電話してあげて」

「ありがとう」

尚美は肯《うなず》いて、ちょっと目を伏せた。「色々心配かけてごめんなさいね」

「今度は私が心配をかけてあげるわよ」

尚美は、ちょっと微笑んだ。

「――それにしても、奇妙な事件ね」

「うん。桐山さんって、そんなことやりそうなタイプ？」

「とっても、そうは見えないけど……」

尚美は眉《まゆ》を寄せて、言った。「真面目な人ではあるのよ。だから正直言って、ちょっと意外だったのね。あの人が、ホテルに行こうって誘ったときは」

「でも行ったくせに」

「そりゃね。せっかく捕まえたのに、逃《のが》したくないじゃない？」

二人は、ちょっと笑った。気は重いが、ともかく笑ったには違いない。

「真面目っていっても、何かこう――よく、思い詰めてるタイプの人っているでしょ？そういう人だと、あんな事件を起すことも考えられるけどね。でも、会社で働いてる限りは、桐山さんって、結構明るいし、社交家みたいだったわ」

「あんな殺し方……。信じられないわ」

と、洋子は首を振った。

「あの刑事さん――須永さんだっけ？　本当にあの人の話じゃないけど、吸血鬼退治でもしてるつもりなのかしら？　だって――大変でしょ、あんな杭《くい》で、なんて」

「でしょうね。やっぱり何か意味があるはずだと思うわ」

「きっと、見かけはともかく、少しおかしかったのね、あの人……」

尚美自身がそう言い出したので、洋子はホッとした。これなら、そう後遺症も残らないかもしれない。

「ともかく――」

と、尚美は言った。「母のお葬式もあるし、家へ帰らなくちゃ」

「そう。それなのよ」

「え？」

「お父さんがね、あなたに伝えてくれって。――家へ帰って来るな、って」

尚美は、じっと、洋子を見つめていた。

「帰るな？　でも、どうして？」

「分らないわ。直接電話でうかがってみて」

「そうするわ。まさか母の葬儀に出ないなんてわけにはいかないじゃないの」

「何か心当りはある？」

「ないわ。別に勘当されてるわけじゃないしね……」

尚美は、ゆっくりと首を振った。

――二人は、レストランを出て、アパートに向って歩き出した。

二人とも、あまり口をきかなかった。尚美は、もちろん、桐山のこと、そして母親のことを考えていたのだろうが、洋子の方は、警察署を出るとき、須永刑事の言った言葉が、気にかかっていたのだ。

「充分、用心して下さい。もちろん、そんなことはないと思いますが、桐山が、もし宮田尚美さんを殺すつもりで、誤って別の女を殺してしまったのなら、もう一度、尚美さんを殺そうとする可能性も、ないではないのですから」

——須永は、そう言ったのだった。

# 3　幻

列車が、ガクン、と揺れた。

尚美がハッと目を覚まして、窓の外を見る。――しかし、そこには何も見えなかった。

ただ、果てしない闇が続いているばかりだ。

「まだ少しかかるそうよ」

と、洋子が言った。

「そう……」

尚美は頭を振った。「つい、ウトウトしちゃった」

「寝ててもいいわよ。起してあげる」

「大丈夫。少し寝たから、楽になったわ」

と、尚美は微笑んだ。

「のんびりした列車ねえ」

と、洋子は言って、ほとんど空になった袋から最後のピーナッツをつまみ出し、口の中へ放り込んだ。

「ほとんどお客もいないでしょ。この辺まで来ると、そうなのよ」

「静かでいいけど……」

「住んでる人にしてみれば、退屈だわ」

尚美は、固い座席に座り直した。「――洋子、悪いわね、付き合わしちゃって」

「いいのよ。どうせ大した用事もないんだし、私が一日いなくたって、会社は潰《つぶ》れやしないし……」

――何となく、二人は黙り込んだ。

同じ車両の、ずっと離れた席で、赤ん坊が泣き出した。

「何だか、怖いわ、私」

と、尚美は低い声で言った。

「うん。――同感。でも、あなたの故郷じゃないの」

「分ってるけど……。変なの、気持が」

「変って？」

「まるで……初めての町へ行くみたいな気がするの。どうしてだか分らないけど」

「そうねえ。やっぱり都会になじんじゃったからじゃない？」

「そうかしら……」

尚美は、汚れた窓ガラスの向う の闇を見やった。それはただ、真黒に塗りたくった壁ではなく、奥行を持った闇だった。吸い込まれそうな危うさを、感じさせる闇だ。

――尚美は、ガラスに映った自分の顔に、焦点を移した。かすんで、ぼやけて、まるで年寄のように見える。

何があったんだろう？　あの故郷の町で。

実のところ、故郷とはいえ、尚美は、その町に、そう長く住んだわけではない。子供のころの七、八年住んで、その後は、父の仕事の関係で、各地を転々とした。両親が再び町に戻ったのは、つい四、五年前のことで、尚美自身はもう独りで東京に出て働いていた。洋子とも、一緒に暮すようになって後のことだったのである。

それからは、正月やお盆での帰省以外、あの町へ帰ることはなく、それもここ一、二年必ず帰るわけでもなくなっていた。だから、正直な話、あの町に、「故郷」という愛着は薄いのである。

もちろん、両親がいるという意味では、そこは正しく「故郷」であり、幼いころを過した場所でもあった。しかし、父の話では、「町は変ってしまった」のである。

「帰って来んでいい」

電話した尚美に、父は、そう言ったのだった。

「そんなわけにはいかないじゃない。母さんのお葬式に私がどうして出なくていいの？」

「もう済んじまったよ」

この言葉に、尚美は啞然《あぜん》とした。

「そんなに早く？　だって——ゆうべなんでしょ、母さん——」

「色々、都合があってな。仕方なかったんだ。お前にゃ分らん」

「だけど——」

と言いかけて、尚美は思い直した。「分ったわ。済んじゃったものは仕方ないけど、お墓参りはしたっていいでしょ？」

「ああ。それは急がんでも良かろう。ともかく、また電話をするから」

「お父さん……」

と、尚美は言った。「どうしたの？　何だか、びくびくしてるみたいな言い方よ」

「そんなこたあない！　しかし、疲れてるんだ」

「それなら……。でも、信江《のぶえ》は来たの？」

信江は、尚美の妹だ。二十歳で、今、大学へ通っている。もちろん、あの町からは通えないから、大学の近くで下宿暮しである。

「いや、信江には電報を打った」

「電話は？」

「金もかかるからな……」

奇妙だ、と思った。——父の声は、まるでもう七十の老人のように、張りがなく、疲れて、力を失っていた。

確かに、妻を失ったことはショックだろうが、それともどこか違っているように、尚美には思えたのだ。

「変だわ、お父さん」

「何も変なことはない」

「私が行っちゃいけないようなことを言うのね」

少し間があって、

「今はまずい」

と、父は言った。

「なぜ?」

なぜ?——なぜ?

何度訊《き》いても、父は、それ以上のことを言ってはくれなかった……。ただ、最後に一言、

「町は、すっかり変っちまったんだよ」

と、ポツリと言っただけだったのだ。

「——あと三十分くらいかしら」

と、洋子が言った。「たまにはいいわね、こういうのんびりした列車も」

「そうね……」

尚美は、あまり考えもせずに言った。

尚美は結局、父には何も言わずに、故郷の町へ向っているのである。洋子がついて来たのは、あくまで洋子自身の考えだが、そのために会社も休んでしまっているのだから、尚美としては、やはり申し訳ないという気持になっていた。

もちろん、洋子が同行してくれることで、尚美が心強いのは事実である。ただ……尚美には、ある後ろめたさがあった。

「——洋子」

「うん。何?」

「あのね……。あなたに隠してたことがあるの。どうしてか分らないんだけど……」

「隠してた?——何を?」

尚美は、ふと、座席から立ち上って、前後左右の席を見回した。どこにも客はいない。

「どうしたのよ?」

洋子は、不思議そうに言った。

「実はね——」

尚美はまた腰をおろすと、言った。「あの人から、昨日電話があったの」

「あの人って?」

「桐山君」

洋子は目を見開いて、

「本当？　どこにいるって？」

「言わなかったわ。ただ――私、会社にいたのよ。交換の人が、『お客さまからです』って言ったから、そのつもりで出たら……何だか押し殺した声で……」

「何と言ったの？」

尚美は、ゆっくりと首を振った。

「妙な電話だったわ。――私、今でも、彼の言ったことが信じられないくらい」

「教えてよ。何と言ったの？」

「『あんなことになって済まない』、ってまず言ったわ。それから、『君に恨みはない。でも、君はあの町の人間だ』って……」

「あの町？」

「『あの町の人間は、一人だって生かしておくわけにいかないんだ』――そう言ったの」

「一人だって……」

洋子は呟《つぶや》くように言って、「それから？」

「それで、電話は切れたわ」

洋子は、フウッと息をついて、

「やっぱりおかしいのよ、その人。だって、一つの町の人間を、みな殺しにするつもりなのかしら？」

尚美は、黙って首を振った。

「尚美、そのこと、あの須永って刑事さんに言ったの？」

「いいえ」

「どうして？」

「私、自分の耳が信じられないの。あんなことを聞いたなんて……きっと、何か全然違うことを、聞き間違えたんだと思ったのよ」

洋子は、肯《うなず》いて、

「うん。——そうね。私もそう思ったかもしれない。でも、今はどう？　やっぱり聞き違いだったと思う？」

尚美は、洋子を見て、それから言った。

「いいえ、思わないわ。あの人、確かにそう言ったのよ」

「でも、なぜ……」

「分らない。——桐山君が、あの町のことを知ってるなんて、私、思ってもいなかったの。しかも町の人を一人も生かしておかない、だなんて……。よほど、何かひどい目に遭ったとかでない限り、そんなこと考えられないでしょう？」

「ということは、つまり——」

と、洋子が考え込みながら、「桐山って人は、あなたの故郷の町を知っていた。――たぶん住んでたことがあるのね。そして、町から追い出されるかどうかして……。町そのものを恨んでる」

「そうね。きっとそうなんでしょうね」

「何か思い当ること、ないの？」

尚美は首を振った。――もしかして――もしかして、噂でだけ耳にした、あの事件が、関っているのだろうか？　でも――あんなことは、馬鹿げた作り話だわ！　そうに決っている！

「――あら、今、明りが見えた」

と、洋子が言って、窓の外を指さした。「珍しいわね、この辺じゃ」

「駅の近くには、結構、ちゃんとした町があるのよ」

と、尚美は微笑んだ。「ただ、私の町は、そこからまたバスだけど」

「バス、あるんでしょうね」

「ちゃんと列車に合わせて出てるわよ。ご心配なく」

尚美は、意識的に話を桐山のことから外して行った。

たとえ殺人犯だったとしても、一度はベッドを共にしてもいいと、心に決めた相手だった。彼のことを、殺人犯と考えるのには、まだ、どうしても引っかかるものがある。

「――もう少しだわ」

尚美は、大きく一つ息をついた。

バスが走り去ると、尚美と洋子は、周囲を見回した。

といっても、何も見えはしないのである。

「――ここが、町なの？」

と、洋子が、ちょっと心細い声を出した。

「まさか。タヌキじゃないんだから」

と、尚美は笑った。「歩くのよ、ここから。十分くらいね」

「道、分る？」

「いくら何でも、自分の生れた町よ。それぐらい分るわ」

「そう。良かった！」

洋子は、本気で息をついた。「じゃ、行きましょうよ」

少しも変っていない、と尚美は思った。相変らず、バス停から町へ入る道は、街灯一つない。

ただ、空はよく晴れわたっていて、月が出ていたから、歩くのに不安はなかった。

「――凄《すご》いとこなのねえ」

と、洋子が感心したような声を出す。

「車で来れば、もっと普通に町へ入れるのよ。列車だと、どうしてもバスで来ることになるから、こうなっちゃうの」

木立ちの間の道。——明るいときと、暗いときでは、まるで別の世界のように見える。静かだった。当然のことだが、都会の暮しに慣れた身には、一種の緊張感を与える。

「——突然帰ってあなたのお父さん、びっくりしないかしら」

と、洋子が言った。

「帰っちゃえば、仕方ないじゃないの。どんな事情があるにしたって、母のお墓にも参れないなんて、そんな話ってある？」

「そりゃね。——でも、お父さん、かなり真剣だったでしょう？　帰って来るな、って」

「たとえどんなことがあっても、私、子供じゃないんだから」

と、尚美は言った。

それは、半ば自分へ言い聞かせた言葉でもあった。——どんなことがあっても、か。一体どんなことがあるっていうの？　この現代の町で。

文明から忘れられた秘境というわけじゃないのだ。ごく当り前の、小さな田舎町というだけのことだ……。

「——何だか、変った所ね」

と、洋子が言った。

目の前に続く道は、月明りに白く光って見えた。周囲の黒い木立ちが、まるで黒いマントをまとった人影のようで、一種、残酷なメルヘンの趣を見せている。

その奥へ奥へと入って行くにつれ、尚美はまるで、自分が銅版画の中へ吸い込まれてしまったような、そんな印象に捉《とら》えられた。

風が、すっかり息をひそめた。二人の足音以外は、葉のすれ合う音一つしない。

おかしい、と尚美は思った。——夜のせいで、道を遠く感じるとしても、少なくとも町の明りは見えてもいいころだった。

しかし、道の先は、更に深い闇の中に飲み込まれている。こんなに遠かっただろうか？もうたっぷり十分は歩いているように思えるのに。

尚美は、少し肌が汗ばんでいるのに気付いた。知らずに足を早めていたらしい。体がほてっている。

尚美は足を止めて、振り返った。

「洋子——」

言葉は断ち切られた。そこには、誰もいなかったのだ。

「洋子！——洋子！」

尚美は叫んだ。

いつからだろう？　いや、ずっとついて来ていたはずだ。足音も聞こえていた。それなのに……。

月明りは、道を充分に照らし出している。見失うとは思えなかった。では――では、どこへ行ってしまったのだろう？

「洋子――」

と、尚美は呟《つぶや》いて、通って来た道を、じっと見つめた。

動くものは一つもない。もちろん、足跡一つ、残っていないので、捜しようもなかった。

それにしても……何が起ったのだろう？

いや、何があったにしても、この静けさの中で、尚美の耳に何も聞こえないとは考えられない。尚美は、身震いした。

何かを感じた。誰かが――いや、何かがいる。この周囲の闇の中に、何かの気配が、潜んでいた。

圧迫感があった。胸をしめつけられるような恐怖を覚えた。何かに取り囲まれているという感覚を、肌に感じた。目にも見えず、耳に何も聞こえては来ないが、それでも何かがそこにいた。

激しく胸が高鳴った。――何が起ろうとしているのだろう？

背後に、誰かがいる。尚美はその気配を覚えて、振り向こうとした。しかし、急いで振り向こうとする意志を、肉体の方が裏切っている。

見るな、と尚美の本能が教えていた。見てはいけない！

でも——見ていけないものなんかが、あるだろうか？　私はもう大人で、しかも今は迷信の時代なんかじゃないのだ。

ゆっくりとめぐらした視線が、それに行き当った。

白い人影が立っていた。月明りが、はっきりと、その見間違いようもない顔を青白く照らし出している。

「——母さん」

言葉が、自然に唇の間から洩《も》れ出ていた。

母が立っていたのだ。

最初、そのこと自体を、尚美は少しも不思議に思わなかった。母が迎えに出て来てくれたのだ、と反射的に考えていた。

「母さん！」

一歩踏み出すと同時に、一気にありとあらゆる考えが押し寄せて来て、尚美の足を止めた。

母さんはどうして私の帰ることを知っていたんだろう？　それに私が帰って来たのは、母さんのお墓にお参りするためだ。母さんは、死んだはずだ！

でも死んだ人が、なぜここにいるのだろう？――父さんの間違いだったのか？　母さんは死んでいなかった……。

でも――でも――なぜそんなに悲しそうな顔をしているの？　まるで紙のように白い顔なのはどうして？　どうして白い着物を着ているの？

そこまで来るのに、足音もしなかったのはなぜ？　母さん、なぜ裸足《はだし》なの？　なぜ……。

どれくらい母を見つめていただろう？　尚美は、やっと、それがまともな状況でないことに気付いた。

髪を真直ぐに落とした白装束の母は、もう母ではなかった。少なくとも、尚美の知っている母ではない「誰か」だった。

落ちくぼんだ目は、哀しげな光を湛《たた》えて、尚美に向けられている。

「母さん……」

尚美の声は震えていた。

「帰って来てはいけなかったよ」

と、母が言った。

いつもの母の声だ。ただ――どこか、ひどく遠くから響いて来るように聞こえる。

「母さん！　何があったの？」

尚美は一歩、踏み出した。

すると――母の体が、そのまま、見えない流れにでも乗っているように、スッと横へ滑って行った。

「母さん――」

「早くお行き、こちら側に来る前に……」

母の姿は、木々の間へ、吸い込まれるように消えて行った。

尚美は、膝《ひざ》が震えて、立っていられなくなった。その場にしゃがみ込んで、じっと身を縮める。――そのまま、周囲を見回していると、あの奇妙な圧迫感、取り囲まれ、見つめられているという印象は、いつの間にか消えていた。

改めて、尚美は恐怖に震えた。体中から汗が噴き出して来る。

「母さん……。ああ、お母さん……」

涙がこみ上げて来た。

恐怖と悲しみが同時に尚美を打ちのめした。

あれは母だったのか？　それとも、この闇と静けさが生んだ幻影だったのか。

いや、あれが単なる空想の産物でなかったことだけは、尚美にも確信できた。せめて、自分の理性を信じなければ、どうかなってしまいそうだった。

あれは母だった。いや、「かつて母だったもの」だった。――ともかく、この世のものではない。

そのことだけは、疑いようもなかった。

「――洋子」

尚美は、立ち上ると、低い声で呼んでみた。

「洋子。――返事をして！　洋子！――洋子！」

尚美は、叫んでいた。「どこなの！　洋子！」

尚美の声は、今はただ、何の変哲もない闇の中へと吸い取られて行く……。

## 4　しくじった男

眠りの浅かったことが、結局、命を救ったのだった。

いつもそう、というわけではない。だいたい、男に抱かれた後はぐっすり眠り込むのがいつものパターンだった。だから、ホテルから大学へ行くこともしばしばである。

といって、誤解されるかもしれないので、言い添えると、宮田信江は、やっと二十歳であり、それに、年中違う男とホテルへ来ているわけでもない。当人に言わせれば、

「まだたったの三人」

であり、それは友人たちの間では、「少ない方」だということだった。

初めての体験は大学へ入った年の夏休み、という、あまりにもお定まりのパターンで、気恥ずかしくなるくらいだ。でも、当人はそれなりに緊張もし、期待もし、感激もして、落胆もした。

でも、少なくとも姉さんを追い越したんだわ、などと妙なところで自分を満足させたりしたものである。

どう考えたって、六つ年上の尚美が、男と同棲《どうせい》してるなんて、信江には考えられなかっ

た。ともかく、六歳の違いは、セックスに対して、決定的と言えるくらいの意識の差をもたらしていたのだ。

でも、信江だって、男なら誰とでも、というわけでないのは、もちろんである。だったら、三人じゃとても済まないだろう。

姉の尚美に比べ、信江はふっくらとして目の輝いた、目立つ娘《こ》だったからだ。

三人の男とは、一応、真剣に付き合い、かつ真剣に別れた（というのも妙な言い方になるが）。いや、三人目とは別れていない。

現に今、その男に抱かれて、まどろんでいるところなのだ。

信江は、本当は東京の大学へ行きたかった。理由はホテルが沢山あるから――ではもちろんなくて、アルバイトをするのに便利だろうと思ったからだ。

家も、金持ではないし、もちろん姉の尚美も、自分の生活で手一杯だ。この地方都市では、アルバイトの口といっても限られているのだ。しかも学生の数は多いと来ているのだ。

それでも信江はまあ幸運な方だった。家庭教師の口と、ファーストフードの店の売子というバイトを確保してあった。家からの仕送りは、学費でほとんど消えるのだ。

信江は学生としては極めて真面目である。授業にも出るし、テストも好成績だった。ただしどこかで疲れや苛立《いらだ》ちを爆発させなくては、やり切れなくなるときもある……。

――本沢《もとざわ》がシャワーを浴びる音がしていた。

珍しい。いつもなら、私が起すまで、グウグウ寝てるのに。

信江は大欠伸《おおあくび》をした。それから、毛布の下で、裸の手足を思い切り伸ばした。

——こういう小さな都市では、こういうホテルも多くはない。しかも学生が利用できる料金で、となると、せいぜい三つ。——おかげで、時々同じ大学の学生と顔を合わせるのが辛《つら》いところである。

しかし、今の恋人、本沢武司《たけし》は、学生ではない。信江の働いているファーストフードの店にやって来て、知り合った男である。三か月くらい前になるか。

信江は、ちょうど前の恋人と、別れたばかりで、少々やけになっていた。

いやに毎日、同じ時間に来る客だな、と思っているうち、決って信江に注文を言うことに気が付いた。立ち食いコーナーで、立ったままコロッケパンなどをかじりながら、いつも信江を見ている。——悪い気はしなかった。

店がいつ終るのか、訊《き》かれたのは、十日くらいたってからだろう。

見たところ、せいぜい二十三、四というところで、学生っぽい雰囲気の若者だった。信江は、どちらかというとやせ型の男の方が好みで、その点でも、本沢は合格だったのだ。

どうせ向うも遊び半分なんだろうから、と、一度、スナックに寄った後、このホテルへ入った。

それから三か月続いている。もちろん、毎日ではない。でも、週に二度は来ていた。よくお金があるものだと信江は至って現実的な点で感心していたのである。

あれこれ話して、本沢が、信江の故郷の町に近い所に住んでいたことも分った。こういう偶然は、人の心を近づけるものだ。

そうパッと目立つ二枚目とか、秀才タイプではないが、いかにも人のいいところが、信江にとって、気楽に会っていられる相手だった。目下のところ、信江も自分がかなり本沢に惚《ほ》れ込んでいるのを、認めないわけにはいかなかった……。

でも――と、寝返りを打ちながら、信江は思った。今日の彼は、ちょっといつもと違ってる。どことなく、沈みがちで、神経質になっているようだった。

まるで、これが最後、とでもいうみたいに、のめり込んでいた。――どうしたのかしら。

ふと、信江は不安になった。別れよう、と言い出すのだろうか。

せっかく、落ちついているのに!

あんまり無理は言うまい、と思った。そこは若さの見栄《みえ》っていうものだ。けれども、もしそうなったら、かなりショックには違いない。ともかく、もし彼がそう言い出しても、プーッとふくれたり、わめいたりせず、穏やかに、その理由を聞こう。

これまでは、互いに言い合いをして、気まずく別れるというパターンだったのだ。今度は、きちんと――というのも妙だが――納得した上で、気持よく……。まだ別れ話と決ったわけではないのに、と信江は苦笑した。

早手回しに、そこまで考えるのは、要するに、別れたくないという気持の裏返しなのだろう。――早い話、信江は本沢に惚れているのである。

本沢がバスルームから出て来た。信江は、目を閉じて、静かに眠っているふりをした。本沢が、ベッドの方へ近付いて来て、そっと覗《のぞ》き込んでいるのが、気配で分る。――しばらくそうしていた本沢は、やがて、深いため息と共に、ベッドから離れた。

信江は、細く目を開けた。本沢が、バスタオルを腰に巻いただけの格好で、椅子に座り、前かがみに垂れた頭をかかえている。

やはり、何か悩んでいることがあるのだ。信江は声をかけようかと思った。しかし、気楽に、どうしたの、と呼びかけられない何かが、本沢の背中に感じられる。

信江は、少し頭を反対側の方へ向けた。

こういうホテルの部屋には、いくつもの鏡がある。あまり良く磨いてあるとは言えなかったが、その鏡に、本沢の姿が映っていて、しかも顔は反対の方を向いているから、起きていると気付かれることもない。薄目を開けて、信江は、鏡の中の本沢を見つめていた。

しばらく何やら思い悩んでいる様子だった本沢は、いきなり立ち上ると、バスタオル一つの格好のままで、部屋の中を、歩き回り始めた。

迷っているというか、歩き回ることで、何かから逃げたいとでもいう様子だった。

何やら、ブツブツと呟《つぶや》いている声も耳に入って来る。ほとんど聞き取れないのだが、

「とてもできない……」「しっかりしなきゃ――」といった断片が、何とか聞き分けられた。

一体何を考えているんだろう？　信江は、さっぱり分らなかった。

本沢が足を止め、ベッドの信江の方に目を向けた。もちろん、信江が薄目を開けていることには、まるで気付かないようだ。

やっと、思い切ったように、本沢は素早く、部屋の隅に置いた、自分のスポーツバッグを取って来ると、床に置いて、開いた。

中を探って、奥の方から、ビニールにくるんだものを取り出す。――何をやってるのかしら、と信江は眉《まゆ》を寄せた。

本沢は、ビニールの包みを、床の上に、そっと広げた。――それが鏡の中に映ったとき、信江は目を疑った。

そこに、二つの物が並んでいた。一つは、比較的ありふれた物――ハンマーだった。ただ、かなり大きなものだ。

そしてもう一つは……。杭《くい》だった。

そうとしか呼べない。長さはせいぜい七、八十センチのものだろうが、その身を半分ほど、先端に向って、削ってあり、先は鋭く尖《とが》っているのだ。

そう、ちょうど、よく怪奇映画で、吸血鬼の胸に打ち込む、あんな杭《くい》なのである。

一体何をする気なんだろう？　信江は、怖いよりも、呆気《あっけ》に取られていた。

本沢は、その二つの奇妙な品物を、またじっと見据えていたが、やがて、大きく息をつくと、左手に杭を、右手にハンマーを握りしめ、立ち上った。

まさか……。冗談じゃないわよ！

信江は、本沢が、まるで別人のように、顔をこわばらせ、脂汗を浮かべながら、ハンマーと杭を手に、ベッドの方へ近づいて来るのを、信じがたい思いで見ていた。

あれを――まさか私に？　私、吸血鬼じゃないのよ！　ニンニクだって大好きなんだからね！

これはきっと何かのジョークだ、と信江は思った。ただ、私をびっくりさせようというだけの……。

しかし、青ざめて、タラタラと汗を流している本沢の顔は、どう見ても冗談ではなかったし、その震える手に握られた杭は、正に、信江の裸の胸に降ろされようとしていた。

「何すんのよ！」

と、叫ぶと同時に、信江は、本沢の手を払った。

これには本沢の方が仰天したらしい。

「ワッ！」

と声を上げると、杭とハンマーを放り出して、引っくり返ってしまった。

しかも、その拍子にバスタオルが外れる。信江はベッドから裸で飛び出すと、

「ふざけるな!」

と叫んで、思い切り、本沢の股間《こかん》をけとばしてやった。

本沢は、ウッと一声うめいて、そのまま、半ば失神してしまったらしかった……。


「——あなたが、そんな変質者だなんて思わなかったわ」

と、信江は仏頂面で言った。「何か言いたいことがあれば聞いてあげる」

——数分後のことである。

信江はちゃんと服を着て、椅子にかけ、あのハンマーと杭を膝《ひざ》の上に置いていた。

一方の本沢の方は——何とも惨めなもので、裸のまま、手足をガウンのベルトで縛り上げられて、壁にもたれて座らされているのだった。しばらくは痛さのあまり、口もきけなかったらしい。

「僕を……どうするんだい」

と、本沢は、弱々しい声で訊いた。

「もちろん、警察へ突き出すわよ」

「警察へ?」

本沢は、なぜか、表情を明るくした。「ここで殺さないの?」

「私、人殺しの趣味ないの」

と、信江は言い返した。「本当に――がっかりさせるわね、全く！　やっといい男性に巡り会ったと思ったら、吸血鬼退治気取りの妄想狂だなんて。私、凄《すご》いショックなのよ！分る？　泣きたいくらいだわ、本当に、本当に」

「――良かった」

と、本沢が、呟いた。

「何が良かったのよ」

「君を殺さなくて、さ。君はまだ大丈夫だったんだ」

「何を言ってんの？」

「でも――いつか君もあの町へ帰る。そうだろう？」

本沢は、信江を見た。「僕を警察へ突き出してもいい。でも、あの町へは帰っちゃいけない」

「町って――私の生れた町？」

「そう」

「どうして、帰っちゃいけないの？」

「あそこはね、恐ろしいことになってるんだ。君は信じないかもしれないけど――」

「信じないわよ、私を殺そうとした人間を信じられる？」

本沢は、目を伏せた。

信江は、少し間を置いて、

「──一体何が言いたいの？　こんなものでどうしようっていうの？」

と、杭とハンマーを持ち上げて見せた。

本沢は、真顔で、信江を再び見た。──もう、そこには、落ちつきが戻っている。

「それで、滅ぼさなきゃいけないんだ」

「何を？　吸血鬼でも退治するって言うの？」

「そうだ」

本沢は肯《うなず》いた。

「──あなた、本当にイカレちゃったの？」

「冗談でも何でもない。君の生れた町は、今、吸血鬼の町になっているんだ」

信江は笑いたかったが、笑えなかった。少なくとも、本沢が本気でしゃべっているらしいことだけは、分ったのだ。

「吸血鬼の町？」

「──みんながみんな、そうじゃない。しかし、奴らが支配していることは間違いないんだ」

「信じられっこないわ、そんな話」

「そうだろうね」

と、本沢は肯いた。「当り前だろう。しかし、君、お母さんが亡くなったと言ったね」

「ええ」

「しかし、君のお父さんは、君に、町へ帰って来るなと言ったんだろう」

「そうよ」

「理由を言ったかい？」

「いいえ」

信江は首を振った。「訊《き》いても、はっきり言わなかったわ。ただ……」

「──ただ？」

「町がすっかり変ったんだよ、って」

「じゃ、君のお父さんはまだ大丈夫なんだ。だから、君に帰って来るなと言った」

「大丈夫って？」

「まだ奴らにやられていない。しかし──お母さんは危いね。まだ若かったんだろう。可能性がある」

「可能性？　何の？」

「あいつらにやられた可能性が、さ」

「──まさか」

「うん、君がそう言うのは当然だ。ただ、あの町には帰らない方がいい。これだけは憶《おぼ》えていてくれ」

信江は、しばらく本沢を眺めていた。

「さあ、早く、警察を呼んでくれよ」

と、本沢は言った。

信江は、立ち上ると、部屋の電話の方へ歩いて行き、受話器を上げた。

「——あ、三〇五号ですけど……」

信江は、ちょっと本沢の方を見て、それから、言った。「少し、時間を延長したいんです。よろしく——」

本沢がびっくりしたように、信江を見た。

信江は、椅子に戻った。

「あなたを信じてるわけじゃないわよ。ただ、話を聞いてみたいだけ」

「ありがとう」

本沢は、少しホッとした口調で言った。

「あなた、どこでそんな話を聞いたの？」

と信江は訊いた。

「その前に、悪いけど……」

「なあに？」

「タオルをここへかけてくれないか？　どうも落ちつかなくて……」

信江は、ちょっと頬を赤らめると、バスタオルを、本沢の方へ投げてやった。

「ありがとう。——僕はね、いい加減な噂でそんなことを信じるほど、非科学的な人間じゃないよ」

「それじゃ、どうして？」

「僕は聞いたんだ」

と、本沢は言った。「——彼らが町の人々を、恐怖心で支配して行くのを、ずっと見ていた人間からね」

「吸血鬼が？　でも、そんなものがどこにいるっていうの？」

「〈谷〉だよ」

信江はハッとした。

「〈谷〉を知ってるの？」

「君は知ってるのか？」

「誰がいるのかは知らないわ。ただ、小さいころ、よく聞かされた。〈谷〉の人間に近づくなって……」

「僕が話を聞いた娘のことを話してあげよう」

と、本沢は言った。「信じてくれなくても、それは仕方ない。ともかく聞いてくれないか。——今でも、僕はあのときのことを思い出すと、サッと青ざめるくらいなんだ……」

本沢は、宙に目を向けて語り始めた。

信江は、少し前かがみに乗り出すように座って、耳を傾けた……。

## 5　背負われた少女

霧が、渓谷へ流れ込んでいた。

テントから出た本沢は、思わず身震いした。

「寒い！」

夏とは思えない、冴《さ》え冴《ざ》えと冷たい朝の空気が、本沢を包み込んだ。いや、まだ朝というには少し早いくらいの時間なのだ。

本沢は頭を振った。——一度に目が覚めたという気分である。

流れの方へ、岩伝いに降りて行くと、ゆっくりと白い霧が流れて来た。

本沢は、平らな岩に腰をおろして、山の静寂に、身を任せてみた。もちろん、岩を洗う流れの音は、足下に絶え間なく聞こえているのだが、それは「音」というより、一つの「状態」とでも呼ぶべきもので、少しもうるさくは感じられない。

「いいなあ……」

と、本沢は呟《つぶや》いた。

山間《やまあい》の渓谷にキャンプして、ゴツゴツした所で眠ったというのに、一旦《いったん》こうして目が覚めてみると、実に爽快《そうかい》だった。霧が時折自分を包んで流れて行くなんて、こんな経験は、都会にいたんじゃ、とても味わえないだろう。

そそり立つ崖《がけ》。その上に、やがて色づこうとする、乳白色の空が見えている。

来て良かった、と本沢は思った。

——本沢は、もう一人、大学の友人、桐山努と一緒に、ここへ来ている。桐山は、まだ眠り込んでいた。

二人とも四年生の二十三歳。どちらも一浪して入学したので、来春卒業の予定である。

どちらかというと、本沢はこの山歩きに消極的だった。大体が、都会の楽な生活に慣れ切ってしまって、至って出不精な人間なのだ。

桐山の方がその点は熱心で、

「最後の夏休みだぜ」

と、本沢を説き伏せたのだった。

まあ、都会生活に毒されている点、本沢も桐山も、そう差はないはずだが、ただ、何となく成り行き任せという性格の本沢と比べて、桐山は、「けじめをつけたい」というタイプであり、四年の夏休みには、やはり何かそれなりの記念行事が必要だ、と考えていたのだ。

こういう思いは理屈ではない。その人間の「タイプ」なのである。

――というわけで、本沢も桐山に付き合って、というよりは付き合わされて、ここまでやって来たのだった。

正直なところ、来てみるまでは気が重かったのだが、こうして、東京にいると、まず考えられないような早い時間に起き出して、排気ガスの匂いもタバコの匂いもしない朝の大気に触れてみたら、来て良かった、という気になるのだった。

この素直なところが、本沢のいいところかもしれない。

もちろん、山歩きといったって、二人とも登山家でも何でもない。要するにハイキングとキャンプ、というだけのもので、それも三日間。あまり長くは「文化生活」から離れられないのである。

そして、今日はもちろん最終日だった。

この朝、本沢が、いやに感傷的な気分になっていたのも、そのせいかもしれない。

霧が来て――霧が去る。

その、白と透明の交替は、奇妙に幻想的で、魅惑的だった。

霧が、跡切《とぎ》れた。少し、風が吹いて来たが、それは朝の暖かさを含んだ風だった。

空が、少しずつ青味を増している。――夜の終りがやって来たのだ。

そろそろ桐山の奴も起すかな、と本沢は思って、テントの方を振り向いた。まだ起き出して来る気配はない。

渓流の方へ目を戻した本沢は、一瞬、戸惑った。流れが見えない。

いや——濃い霧が、アッという間に押し寄せて来ていたのだった。思わず岩の上に立ち上ったが、テントの方へ戻る間はなかった。

考えてみれば、たかが霧ぐらいでテントへ逃げ帰る必要などないのだが、一瞬、反射的に逃げ出したいと思わせるほど、その霧は突然、圧倒的な厚みを持って包み込んで来たのである。

考える間もなく、霧の中に呑《の》み込まれて、本沢は、その場に座り込んだ。立っていると、押し流されてしまうような気がして、恐ろしかったのである。

どうして急にこんな凄《すご》い霧が……。本沢は息すら殺して、身を縮めていた。

早く通り過ぎてくれ、早く行ってしまえ！　本沢はそう祈った。

途方もなく長い時間のような——いや、実はほんの一分か、もっと短い何十秒かだったろう。霧は、嘘のように晴れた。

本沢は、大きく息をついた。——びっくりしたよ、全く！

あんな霧が、山を歩いているときに襲いかかって来たら、道を見失ってしまうだろう。やっぱり怖いもんだな、と、改めて思った。

もちろん、こんなハイキング程度のことでは、「自然の脅威」に出くわすなんてことはまずないが、あまりそういう経験のない都会人間としては、「たかが霧」にも目を丸くしてしまうのである。

もうテントに戻ろう。本沢は、岩から降りると、歩き始めた。

どうして足を止めたのか、本沢もよく分らない。誰かが、見ている。その視線を、背中に感じた。

まさか！　誰がいるんだ？　後ろには、ただ川の流れがあるだけなのに……。

本沢は振り向いた。――白いものが、水の盛り上る岩の間に見えた。

それが何なのか、すぐには本沢にも分らなかった。白くすべすべしたもの、そして、流れを染めるように波打っている黒いもの……。

それは人間だった。

本沢は目をこすった。幻かと思った。しかし、一旦人間と分ると、それははっきりした形を取って、本沢の目に映った。

黒い髪が長く流れに引かれている。――女だ。しかも、岩の間に、突っ伏すように、倒れたその姿は、素肌のままの裸体だった。

「――大変だ」

と、本沢は呟いた。

すぐに助けるべきだったのに、あわててテントに向って駆け出し、

「桐山！　おい、桐山、起きろ！　出て来い！」

と叫んでいたことには、批判の余地もあろう。

しかし、こんなところで、思いもかけぬものに出くわした本沢の身になってみれば、あわてふためくのも無理からぬことである。

ちょうど桐山も、起き出したところだった。

「――何だよ、うるさいな」

と、テントから顔を出す。

「誰か川に――流れついてるんだ！　早く来てくれ！」

「誰か――って、誰が？」

桐山はキョトンとして訊《き》いた。

「いいから早く！　助けなきゃ！」

やっと、このときになって、本沢も、助け出すのが先決だったと気付いたのだった。

桐山をせき立てて、本沢は一足早く、渓流へと戻って行った。

「――女じゃないか！」

「ともかく早く――」

桐山も一度に目が覚めたようだ。

「溺《おぼ》れてんじゃないのか？　死んでるかもしれないぞ」

「そんなこと分らねえだろ？」

「分ったよ、そうわめくな」

と、桐山は手を振った。「ともかくテントへ運ぼう」

二人は、うつ伏せになったその女性を、まず仰向《あおむ》けにした。

「——まだ子供だ」

桐山が言った。

子供というほどではなかったが、確かに、どう見ても十五、六歳と思えた。ほっそりとした体つきに、胸のふくらみもまだ大人を感じさせない。

「ともかくテントへ運ぶんだ！」

小柄な少女だったから、二人で頭の方と足の方をかかえると、楽に運べた。本沢は、体の冷たさにびっくりした。

これはもう死んでるのかもしれないな、と直感的に思った。

二人は、テントの中へ少女を運び込むと、桐山が今まで寝ていた毛布の上に、横たえた。

二人は、ちょっとの間、どうしたものか分らず、顔を見合わせていた。

「——生きてるのかな」

と、本沢が言った。

「脈を取ってみろよ」

「俺が？」

「いいじゃないか」

「うん……」

本沢は、恐る恐る、少女の細い、ちょっと力を入れると折れそうな手首をつかんだ。そこには、微《かす》かながら、脈動が感じられた。

「脈がある！　生きてるんだ！」

と、本沢は、ホッとして言った。

「じゃ、水を吐かせて人工呼吸だ」

と、桐山が言った。

「そうだな」

二人は顔を見合わせた。

「――お前、やれよ」

と、桐山が言った。「見付けたの、お前なんだからな」

「できないよ！」

本沢が首を振る。「やり方、知らないもん。お前の方が詳しいんだろ」

「全然知らない」

「俺だって――」

二人は、同時にため息をついた。

「——仕方ねえや。ともかく、冷え切ってるじゃないか、毛布でくるんで、あったためようぜ」

と、桐山が言った。

「そ、そうだな」

本沢が自分の毛布を持って来て、少女の体を包む。

「おい、桐山、何やってんだ」

「何だよ」

「胸に触ったりして」

「馬鹿、息してるかどうか、みてんだろ」

——呼吸は、正確な間合を置いて、くり返されている。

「どうする?」

と、本沢は言った。

「うん。——ともかく、今は少しこのままにしとくしかないんじゃねえのか」

「そうだな」

——二人は、テントの外へ出た。

もう、すっかり朝になっていて、青空が広がっていた。大分、暖かくなっている。

「とんだ拾いもんだな」

と、桐山が言った。「タバコ、持ってるか？」

「昨日でなくなったよ」

「俺もだ。しょうがねえな。この辺じゃ自動販売機もないだろうし」

「ぼんやりしててもしょうがないぜ。朝飯でも作ろうや」

「カレーしかないぜ」

「我慢するさ。もう今夜は東京だ」

本沢は、伸びをした。

カレーライス、といったって、手作りというわけではない。お湯に入れて袋ごと温めるだけのインスタント。ご飯の方も同様である。

——本沢と桐山は、出身地は別々だが、東京で一緒にアパートを借りている。

男二人で料理もできず、毎日外食なので、こういう所でも、固形燃料でお湯をわかすことぐらいしかできない。

「——あの女の子、どうしたのかなあ」

と、座り込んで、本沢が言った。

「どうした、って？　溺れたんだろ」

「裸で？　いくら夏でも泳ぐって陽気じゃないぜ。しかも、あの冷たい川で」

桐山も肯《うなず》いて、

「それはそうだな。でも流されて来たには違いないだろ」

「うん、水浴びでもしてて、流れに足を取られたのかな」

「そんなとこだろ」

——妙だ、とそれでも本沢は思った。

もし、想像の通りだとしたら……。それにしては、肌に傷一つなかった。

あんな岩だらけの渓流を流されて来たら、あちこち、ぶつけたり、こすったりして、傷だらけになりそうだが、あの滑らかで柔らかな肌は、すり傷一つなく、きれいだったのだ。

桐山は、そんなことには気付いていない様子だった。

「あのまま、意識が戻らなかったら、どうしようか」

と、本沢は言った。

「うん。——病院にでも運ぶしかないんじゃないか？」

「どこの？」

「知るかよ、俺が」

桐山は肩をすくめた。

「警察へ届けなきゃいけないだろうなあ」

「うん……」

二人とも、何となく黙り込んだ。

学生の身で、警察と関り合うのを喜ぶ者はあるまい。できることなら、面倒なことには目をつぶって——。本沢も桐山も、その点では至って平均的大学生であった。

「なかなか可愛かったな」

と、桐山が言った。

「ん？　何が？」

「あの子だよ。決ってんじゃねえか」

「そうか？——よく見なかったよ」

そんなはずはない。本沢だって、あの少女を一目見て、胸ときめかせていたのである。

しかし——今はそれどころじゃないだろう。下手すりゃ死ぬかもしれないんだ。そうなりゃ、可愛いも何もなくなってしまう……。

「そろそろカレー、入れようか」

「うん」

テントの方を向いた本沢はギョッとして、目を見張った。

あの少女が立っていたのだ。体に毛布を巻きつけて、顔だけ出し、特大のみの虫、という感じだった。

「やあ……」

本沢は呟《つぶや》くように言った。桐山も顔を向けて、

「気が付いたのか！　大丈夫かい？」

と声をかけた。

「ええ。——どうも」

と、少女は言った。

かすれて、力のない声だった。

「良かったな。寒いだろ？　何か着るもの——おい、本沢、お前、余分持ってるんじゃないか？」

「うん。でも——大き過ぎるぜ」

「裸よりいいじゃないか。貸してやれよ」

「ああ……」

本沢は立ち上った。

「すみません」

少女は、ちょっと目を伏せて言った。長いまつげが震えた。くっきりと弧を描く眉《まゆ》が、印象的だ。頬にいくらか赤味がさして来ていた。

「腹、空《す》いてるだろ？　インスタントのカレーでよきゃ、あるけど、食べる？」

桐山の方が、気軽に声をかけている。少女は、ちょっと頭を下げて、

「いただきます。すみません」

と言った。

――濡《ぬ》れたりしたときのために、余分に持っていた下着やシャツ、ジーパンなどを一揃《ひとそろ》い、少女へ渡して、本沢は表に出た。

「まあ良かったな、大したことなくて」

桐山が、カレーのパックを熱湯の中へ放り込みながら言った。

――数分後には、シャツの腕やジーパンの裾《すそ》をまくり上げた少女が、二人に加わって、一緒にカレーを食べていた。

少女は、よほどお腹が空いていたのだろう、アッという間に食べ終えてしまうと、

「――すみません。昨日一日、何も食べてなくて」

と、頰を赤らめた。

「それだけ旨《うま》そうに食ってくれりゃ、カレーのメーカーが喜ぶよ」

と、桐山は笑った。

「足、痛くないか？」

と、本沢は訊《き》いた。

靴下ははいているものの、靴の余分まではないからだ。

「大丈夫です」

と、少女は、大分はっきりした声で答えた。

食べ終えると、桐山と本沢は、軽く息をついて、目を見交わした。桐山が、ちょっと咳《せき》払《ばら》いしてから、言った。

「君、どこの子なんだ？　まあ——事情あるんだろうから、詳しく聞かなくてもいいけどさ。ただ——放っとくわけにもいかないし、どこか行きたい所、あるの？」

少女は、立てた膝《ひざ》を、かかえ込むようにして、少しためらってから、言った。

「逃げて、来たんです」

「ふーん、色々あったんだね」

「ご迷惑かけちゃって、済みません」

と、少女は頭を下げた。

「そんなこと——大したこっちゃないよ。なあ？」

本沢も、やっと口を開いて、

「どうせこっちも今日は東京へ帰るだけで、急いでるわけじゃないんだ。どこか町まで……。俺、おぶってやるよ」

少女は、ちょっと微笑んだ。いやに幼く見えた。本沢の胸が、何だか分らないけど、キュッと痛んだ。

「町へ出りゃ、靴ぐらい売ってんだろ」

と、桐山が言った。「荷物も大分減ったしな。よし！　一休みしたら、出かけるか」

——少女は、二人がテントを片付け、荷物をできるだけ小さくまとめるべく四苦八苦していくのを、黙って眺めていた。

「——やれやれ、こんなもんかな」

と、桐山が息をついた。「よし。じゃ、出かけようか」

本沢が、少女の方へ歩いて行くと、

「さ、おぶってやるよ」

と、手を伸ばした。

少女が、その手に自分の手をあずけて、立ち上る。本沢は、背中に少女をおぶって、

「この程度なら、荷物より楽だな」

と笑った。

「途中で代れよ」

桐山が笑って言い返した。

二人——いや、少女を含めた三人は、岩だらけの道を、ゆっくりと辿《たど》り始めた。

「——僕は本沢っていうんだ。あいつは桐山。君、名前は?」

と、本沢は背中の少女に訊いた。

「——あきよ」

と、少女は言った。

「あきよ？」

「季節の『秋』と、『世の中』の『世』……」

「秋世《あきよ》か。いくつ？」

「十七です」

少女はそう言ってから、少し間を置いて、言った。「私のこと、東京まで連れて行ってくれませんか」

# 6　闇に動く

本沢は、うんざりするくらい長い道を、一歩ごとにグチっぽく呟《つぶや》きながら、歩いていた。

「散々気をもたせやがって！　畜生！　はっきりしやがれ！」

このところ、こんな苛立《いらだ》ちに悩まされる日々が続いている。

今夜は、何もかも忘れようと、大学のガールフレンドとデートして、ホテルへ連れ込むところまではうまく行ったのだが、結局、後がさっぱり気が乗らず、彼女を怒らせてしまった。

何とも惨めに落ち込んでいる。——これが本沢の現在の心境だった。

しかも、悪いのは自分の方で、彼女が怒るのももっともだと分っていただけに、余計やり切れない思いが残るのである。

もう年が明ければ卒業だというのに……。この絶え間ない苛立ちは何だろう？　どこから来るのか？

そんなことは、分り切っていた。困ったことに、そんな気分でいながら、本沢はある意味では幸福だったのだ。

――もう真夜中を過ぎている。

終電に乗って、駅についたのが、もう一時近く。もちろんバスはないし、タクシー乗場にも、飲んだ帰りのサラリーマンが長蛇の列をなしていたので、とても並ぶ気にはなれなかった。

歩いて三十分ほどの距離。年も暮れかけて、夜風は冷たかったが、結局歩くことにした。タクシー代がもったいない、ということもあったが、寒風に身をさらしながら歩くのが、却《かえ》ってふさわしい気分でもあったのだった。

「秋世……」

と、ハーフコートのポケットに手を突っ込んで歩きながら、本沢は呟いた。

その名前は、この寒さの中でもはっきりそれと分るほどの熱で、本沢の胸をあたためた。同時に、それは苦味と焦燥と、苛立ちをも運んで来た。

仕方ない。文句は言えないのだ。そもそも、その「素《もと》」を東京へ運んで来たのは、他ならぬ本沢自身だったのだから。

桐山は、あまり気が乗らない様子だったのだ。あのときには……。

秋世とだけ名乗った少女に、町で運動靴を買ってやり、二人は、そば屋に入って、彼女が手を洗いに立っている間に相談した。

「やめた方がいいよ」

と、桐山は言った。「大体、どこに置くんだ？　俺たちのアパートに、女なんか、住まわせられないぞ」

「心配ないさ。従妹《いとこ》が来てる、とでも言っときゃ。――可哀そうじゃないか、誰かから逃げて来てるってのに、ここで放り出すなんて」

「ごたごたに巻き込まれて、泣き言いうなよ」

と、桐山は渋い顔をした。

でも、桐山も、そう強硬に反対したわけではなかった。自分たちの殺風景なアパートに、可愛い女の子がやって来る。――それが大学生の身にとって、いやなことであるはずもなかったのだ……。

だが、彼女がやって来てから、二人の生活は微妙に変ってしまっていた。

――背後にカタカタと音がして、本沢は振り返った。

誰かが自転車でやって来る。スカートが風にはためくのが見えた。

本沢を追い越して行ったのは、十七、八の女の子だった。ちょうど秋世ぐらいだ。

マフラーに半分顔を埋めるような格好で、せわしなくペダルを踏んでいる。

本沢がその少女を目に留めたのは、当然ほんの一瞬のことで、たちまちその姿は前方に小さくなって、見えなくなったのだった。

――何の用事か知らないが、こんな時間まで、と本沢は思った。物騒だなあ。

そういえば、この付近で、若い女の子が殺されたのは、つい一週間くらい前のことだ。変質者が出るには少し季節外れだが、被害者にしてみれば、いつ殺されたって同じことで、しかも喉《のど》を裂かれているという、凄惨《せいさん》な死体だったらしい。

警察では、狂犬など動物の被害という可能性もあると見ていたらしいが、やはり調査の結果、人間が何か刃物のようなものでやったことだという結論になっていた。

恨みか、通り魔か。——あの後、容疑者が見付かったという話も聞いていない。どうなったんだろう？

本沢は、少し足を早めた。

古びた家並みが続く。塀に挟まれた道は、寒々として、空虚だった。時間のせいもあるだろうが、TVの音や、人の笑い声などが一切聞こえて来ないのは、何だか気味の悪いものである。

秋世。——彼女が、桐山と本沢の、至って平凡で退屈だった生活を、変えてしまった。

しかし、その責任は秋世にあるわけではなかった。

彼女は、年齢からは信じられないくらい、しっかりした少女だった。

従妹、ということで、二人のアパートへ来てからは、掃除にしろ料理にしろ、洗濯まで、総《すべ》て一手に引き受けて、フルに働いていた。

二週間ほどして、大分部屋の中が片付き、男二人と女一人という変則的生活が定着して来ると、秋世は自分で、ウェイトレスのアルバイトを見付けて来た。

朝のうちに、掃除や洗濯を済ませて働きに出て、夕方は、買物をして帰って来る。

料理の腕だって、その辺の主婦など比べものにならないくらい、器用で、かつ、手ぎわが良かった。連日外食という二人の生活パターンは徹底的に引っくり返されてしまい、彼女が掃除をしやすいように、二人して早起きをする習慣すら、ついてしまったのである。

そして、秋世は、「本沢の従妹」という立場を、決してはみ出すことがなかった。常に目立たず、控え目で、静かにしていた。

二人が卒論の追い込みで、夜遅くまで机に向っているときは、台所の方の板の間に、布団を敷いて寝たりした。

「秋世……」

――本沢は呟いた。

結局、三人の平穏な生活を壊したのは、桐山と本沢の方だった。

たまに本沢の方が一人、遅く帰ることがあると、俺のいない間に、桐山と秋世が――という思いに捉《とら》えられた。もちろん、桐山の方も同じだった。

次第に、本沢と桐山の間は、ギクシャクしたものになりつつあったのである。

秋世は、そんな二人の気持にも気付いているようだ、時折、哀しげに、

「もし、私が邪魔だったら……」

と言い出すことがあった。

その都度、二人は笑って打ち消すのだったが、その無理にも、限界が来ていた。

「何とかしなきゃな……」

と、本沢は呟いた。

今夜は桐山も遅いことになっている。しかし、実際はどうなのか。――秋世は、本当は桐山に魅《ひ》かれているのかもしれない。本沢は時々、そう思うことがあった。

そういう目で見れば、何もかもが、その推測を裏づけているように思えるし、少し見方を変えれば、何でもないことのようにも受け取れる。

あれこれ、臆測《おくそく》と臆測の間で翻弄《ほんろう》されることに、本沢は疲れ切ってしまっていた。

おそらく、桐山の方もそうだろう。

――もう、何とかしなくてはいけない。本沢はそう考え始めていた。いや、ずっとそう考えてはいたのだが、秋世が桐山を選ぶのが、怖かったのである。

――風が、襟元を巻いて、本沢は首をすぼめた。

そして、ふと足を止めた。

あれは何だろう？　風の唸《うな》りか。それとも……。まるで、女の子の叫び声のように聞こえたが。

「気のせいかな……」

本沢は首をかしげて、また歩き出した。

小さな神社が、左手にある。かなり古い住宅地のこの辺では、一軒の家の敷地が広いので、神社は小さく感じられるが、まあ、ごく一般的な広さはあるのだろう。

その前にさしかかって、本沢はハッとした。

自転車が、石段に倒れている。

追い抜いて行った少女のことを、思い出した。この自転車だったかどうか、はっきり記憶しているわけではないが、しかし、偶然とも思えなかった。

自転車は、そこに置いた、という格好ではなく、いかにも不自然に、ねじれた形で倒れていた。何があったのだろう？

神社の境内の方へ目をやると、何か白い物が動いた。

怖くなかったわけではないが、ほとんど何も考えず、声を出していた。

「おい！　何してるんだ？」

暗がりの中に、白い人影がスッと立つのが分った。もちろん、ただぼんやりと、微《かす》かに白いだけで、姿も形も、判別できないのだが。

本沢が石段を上りかけると、その白い人影が、一瞬、風のように走って、神社の奥へと消えた。

何だ、あれは？　本沢は、やっと恐怖を覚えて、そこから奥へ足を入れるのをためらった。

何でもないのかもしれない。ただ、ホームレスか何かが……。

そのとき、暗がりの中から、低い呻《うめ》き声が聞こえて来て、本沢はギクリとした。

「助けて……」

か細い、女の声が、やっと本沢の耳に届く。

放っておくわけにはいかなかった。本沢は、膝《ひざ》が震えるのを、何とかこらえながら、その声のした方へと、進んで行った……。


本沢がアパートに戻ったのは、もう明け方近くだった。

くたびれてはいたが、興奮で目は冴《さ》えている。

その神社の境内で、本沢は血にまみれて苦しんでいた少女を発見したのだった。幸い、救急車で病院に運ばれた少女は、何とか命を取り止めた。

本沢は、今まで警察で事情を訊《き》かれていたのだ。といって、大して話すこともなかったのだが。

鍵《かぎ》を開け、そっと中へ入ると、台所の、小さな明りだけが灯《とも》っていた。

玄関に、桐山の靴がない。ゆうべ、戻らなかったのだろうか？

本沢は、できるだけ音を立てないように、上り込んだ。襖《ふすま》が少し開いている。

そっと覗《のぞ》いて見ると、布団から、秋世の頭が出ている。向うを向いて、眠っているようだった。

こちらの部屋に、桐山と本沢の布団もちゃんと敷かれている。

このまま寝てしまおう、と本沢は、服を脱ぎ、布団に潜り込んだ。

「――何か、あったんですか」

突然、秋世の声がしたので、本沢はびっくりした。

「起しちゃったかな、ごめん」

「いえ、少し前から、目が覚めてたんです」

襖の向うから、はっきりした声が聞こえて来る。

「ちょっと、通り魔に出くわしてね」

と、本沢は事情を説明してやった。

「――その女の子、助かったんですか」

「うん」

布団の中から、本沢は答えた。「でも、ひどいもんでね、喉《のど》をかみ切られてたって……。まるで猛犬だよ。幸い、太い動脈をやられてなかったんで、命は取り止めたんだ」

「良かったですね」

「うん。――ひどいことするもんだよな」

少し間があって、秋世が言った。

「その犯人、見たんですか?」

「いや、白っぽい影がぼんやり見えただけでね。ともかく暗かったから。——君も気を付けてくれよ」

「ええ」

本沢は、じっと、ほの暗い天井を見上げていた。

「桐山の奴、帰らなかったのか」

「ええ……」

秋世は、何か言いたそうにしたが、そのまま黙っていた。——本沢は、何となく息苦しいような空気を吸い込みながら、眠ろうとして目を閉じた。

襖が、音を立てた。本沢は目を開いた。

秋世が、本沢の布団のすぐわきに、座っていた。小柄な彼女は、子供用の、可愛いパジャマを着ている。

「どうしたの?」

本沢は訊いた。

「布団に入っていいですか」

秋世は、ほとんど囁《ささや》くような声で言った。

——それから、どれくらいの時間がたったろう。

ともかく、もう朝になっていた。アパートの他の部屋では、人の起き出る気配があった。

本沢と秋世は、布団の下で、肌の温《ぬく》もりを感じながら、まどろんでいた。

どっちが先だったのか——桐山が帰った音で、本沢が目を覚ましたのか、それとも、目が覚めて顔を上げると、ちょうど桐山が玄関から入って来たのか、本沢自身、はっきり分らない。

ともかく、気が付くと、桐山が、青ざめた顔で、玄関に立って、じっと本沢を見つめていたのである。

桐山は、そのまま出て行った。そうするしかなかっただろう。

おそらく、本沢が、逆の立場に置かれたとしても、そうしたに違いない。

本沢が、秋世の方へ視線を戻すと、彼女も目を開いていた。哀しげな目だった。

本沢は、秋世の頭を両手で抱き寄せた。秋世も黙って本沢の胸に、頬を押しつけていた……。

——二人が、起き出して、朝食を摂《と》ったのは、もう昼近くだった。

「桐山さん、どこへ行ってるんでしょう」

と、秋世は言った。

「さあな」

本沢は首を振った。「きっと大学には顔を出してると思うよ」

秋世はやや顔を伏せがちにして、

「どうしたらいいかしら」

と言った。

「ともかく――これまで通りにはやって行けないよ。桐山と相談してみる。大丈夫さ」

秋世は、不安そうな目で、本沢を見た。

「やって行けない、って……。じゃ、どうするんですか？」

「それは――」

と、本沢も、ちょっと詰まって、「ここから、桐山が出て行くか、でなきゃ、僕と君が出て行くか、だ」

「私――あなた方の友情を、壊してしまったんですね」

「それはどうかな。こういうことは、どっちが悪いとか、誰のせいだ、ってものじゃないだろう」

「でも、私が無理にここへ置いてもらわなかったら――」

「今さら言っても仕方ないよ」

本沢は、秋世に微笑みかけた。「僕らのことを考えよう」

しかし、秋世は、ただ寂しげに、うつ向いただけだった。

捜すまでもなく、桐山は、本沢を待っていたようだった。

大学のキャンパスへ入って行くと、桐山が足早にやって来るのが見えた。

「やあ」

本沢は、ぎこちない笑顔を見せた。

「部室へ行こう。今なら誰もいない」

桐山は、真剣な顔で言った。

殴るつもりかな、と本沢は思った。それなら、甘んじて殴られよう。

雪でも降りそうな、灰色の空だった。風もひどく冷たい。

無人の部室も、冷たいほどに寒かったが、風がないだけ、楽だった。

「桐山」

と、本沢は言った。「殴ってもいいぜ」

桐山は、ちょっとガタつく椅子に腰をかけると、

「そんなことでここへ連れて来たんじゃないぞ。俺を見損なうなよ」

「済まん。でも——言いたいことは分るだろう?」

「分ってる。俺だって、あの子が好きだった。でもな、あの子は、最初からお前にだけ惚《ほ》れてたんだ」

「そんなことは――」

「いや、そうだとも。それが分らなかったのは、お前くらいのもんだ」

と、桐山は言って、ブリキの灰皿を引き寄せると、タバコを出して、火を点《つ》けた。

「そうかな……」

「そうだとも」

桐山は肯《うなず》いて、「だから、俺はあの子に一切、手を出さなかった」

本沢は、少し間を置いて、

「――俺たち、あのアパートを出て行くよ」

と言った。

「彼女と、か？」

「うん」

桐山は、軽く息をついた。

「それはだめだ」

「なぜだ？」

「俺だって、お前と彼女の結婚披露宴で司会をしてやりたいと思ってるんだ。これは本気だぜ。でもな――」

桐山は、言葉を切って、本沢を見つめた。「本沢、ゆうべ、お前、通り魔に出くわしたんだろう?」

「ああ、そうだよ」

本沢は答えてから、「――どうして知ってる?」

と問い返した。

「俺は見てたんだ」

「何を?」

「何もかも。――お前が救急車を呼ぶのも、パトカーに乗って行くのも」

「何だって?」

本沢は、わけが分らなかった。

「秋世に、俺が帰らなかったか、って訊《き》いたんだろ?」

「うん」

「どう答えた?」

「帰らなかった、と言ってたさ。それが――」

「俺は帰ったんだ、ゆうべ」

「というと?」

「一時ごろだった」

「アパートに? じゃ、彼女、眠ってたんじゃないのか」

「いや、そうじゃない」

桐山は首を振った。「彼女はアパートにいなかったんだ」

本沢は、ため息をついた。

「何が言いたいんだよ？　はっきり言えよ、お前らしくないぞ」

「そうだな」

桐山は、じっと本沢を見据えた。「ゆうべの通り魔はな、秋世なんだ」

本沢が唖然《あぜん》としているうちに、桐山は続けた。

「それだけじゃない。一週間くらい前に、同じような事件があったろう。あの被害者は死んじまった。あれも秋世がやったことだ」

「おい、まさか――」

「本気だとも！　本当でなきゃどんなにいいかと思うけど、本当なんだ」

桐山は叱りつけるような口調で言った。「前のとき、お前は帰りが遅かった。憶《おぼ》えてるか？」

「うん……。十二時くらいだったかな」

「俺は、十一時半ごろアパートの近くまで戻って来ていた。あの事件があったのは、ちょうどそれくらいの時間だったんだ」

「それで？」

「アパートの前で、俺は気持が悪くなった。酔ってて、吐きそうだったんだ。そのまま入って行くのは、秋世に悪い気がしたんで、寒かったけど、少し表でうずくまっていた。少しすると、楽になったんで、立ち上ろうとしてると、足音がした。走って来る、白い、フワフワしたものが見えた。何だろうと思って見ていると——女らしいのが分った。白いものは、ネグリジェみたいなもので……。ひどく暗いから、よく分らなかったんだ」

桐山は、タバコを灰皿へ押し潰《つぶ》した。「だが、その人影は、俺たちの部屋の前で、立ち止った。——おかしいな、と思ったよ。部屋は明りが点いてたんだ。じゃ、あれは誰だろう、と思った」

「見たのか?」

「ドアを開けたとき、中の明りが、その女を照らした。秋世の横顔が見えた。——俺は、つい、物音を立てていたらしい。彼女がこっちの方を振り向いた……」

桐山は、ゆっくりと息をついた。「秋世には違いなかったが……信じられないような有様だった。血が——口元から顎《あご》へ、血が溢《あふ》れるようにべったりと広がって、それが首、胸へと広がっていた。鬼のような——なんて古い言い回しだが、本当に、そうとしか言えない、凄《すご》さだったんだ」

# 7　復讐《ふくしゅう》

「馬鹿げてる……」

と、宮田信江は言った。

ラブホテルの一室。——本沢の話は、終ったわけではない。

しかし、信江が、「馬鹿げてる」と言ったのは、本沢の、普通に考えたら、およそ信じられないような話に対してではなかった。

自分に対して、信江はそう言ったのである。なぜなら、信江は本沢の手足を縛っていたベルトをほどき、服を投げてやっていたからだった。

「ありがとう」

本沢は、手の痺《しび》れが治ると、急いで服を着た。「——やっと生き返ったよ」

「あなた、やっぱり少しおかしいのかもしれないわ」

と、信江は言った。

「じゃ、どうして自由にしたんだい？」

「少なくとも、あなた自身は、正直だと思うからよ。たとえ妄想でもね」

信江は、ちょっと微笑んだ。「——どう？　何だか湿っぽくなったわ。アルコールでも入れながら、話をしない？」

本沢は、ホッとしたように、

「そうしてくれると、僕もありがたいよ」

と言った。

信江は、電話で、ウィスキーを頼んだ。

「その杭《くい》やハンマーは片付けといた方がいいんじゃない？　変な趣味のある客だと思われちゃ困るわ」

信江の言葉に、本沢は苦笑して、

「そうだな。僕もまだあんまり評判を落したくないものな」

と言った。

それから、言われた通り、杭やハンマーをしまい込むと、ベッドに腰をおろした。

「君、彼女に少し似たとこ、あるんだよ」

と、本沢が言った。

「彼女って——秋世って子？」

「そう」

「私、血を吸ったりしないわ」

「いや、どことなく、だけどね。だから、ためらってた。あの子のことが思い出されて……」

「その子は結局——」

「察しはつくだろうけど、もう生きてないよ」

「そう」

信江は肯《うなず》いた。

「君ほど強い子じゃなかったけどね」

「失礼ね」

信江は、本沢をにらんだ。

——ウィスキーが来た。二人は、高級とは言いかねるウィスキーを水割りにして飲み始めた。

「その子、どうして死んだの？」

「自殺した」

「まあ」

本沢は、手の中で、ゆっくりグラスを揺らした。

「桐山のことは、兄弟同様に知っていた。あいつが、そんなことで嘘をつく奴じゃないってことも。——本当のことに違いない。でも、分ってはいても、それを受け容《い》れるのは、大変だった」

「分るわ」

「桐山は、その前の晩、アパートに戻って、彼女の姿が見えないのを知ると、外へ捜しに出たんだ。そして、見付けて、後を尾《つ》けた……」

「じゃ、間違いなく——」

「そう。桐山も悩んでいた。一晩中、外を歩き回って、苦しんでいたんだ。そして朝になってアパートに戻ってみると僕と彼女が一緒に寝ていた、というわけだ」

「その話を聞いて、あなた、どうしたの？」

「話し合ったよ、桐山と。——一体、どうしたもんか、と……」

本沢は、ウィスキーを、ゆっくりと飲んだ。

「黙っていようか、とも思ったよ」

と、桐山は言った。「でもな、彼女が、誰か憎んでる相手を殺した、とかいうのならともかく、これはそうじゃない。何の関係もない少女を殺したんだ。しかも、まともな方法じゃない」

本沢は、肯いた。

「放っとくわけにはいかないな。——でも、どうする？」

「分らないよ、お前が決めろ」

「俺が？」

「そうさ。彼女を愛してんだろ」

本沢にも、桐山のその言葉は鋭く響いた。

「彼女——病気か何かなのかな」

「そういうことになるかもな。そういう病院から脱《ぬ》け出して来たのかもしれない」

「じゃあ……彼女をそこへ戻してやるのが、本当かな」

「しかし、人を殺してるんだ。それに目をつぶるわけにはいかないぞ」

本沢にも、それはよく分っていた。しかし、秋世を警察へ黙って引き渡すのは、ためらわれた。

「自首させるか。そしたら、身許《みもと》も分って、色々な事情も分って来るだろう」

と、桐山が言った。

「合理的だな」

本沢は言った。——正直なところ、桐山の話のショックが、一時的にせよ、本沢を理性的にしていたのだ。

「じゃ、二人で、アパートに戻って、彼女に話をして——」

桐山が、言葉を切った。

ドアが開いたのだ。そこには、秋世が立っていた。赤いコートが、目にしみるようだった。

「——聞いてたのかい」

と、桐山は言った。

「ええ」

秋世は、肯いた。「本沢さんの後を、ずっと尾けて来たの。ごめんなさい」

「ねえ君は本当に……?」

本沢は、思わず、そう訊《き》かずにはいられなかった。

「桐山さんの言う通りよ」

と、秋世は認めた。「でも——それは、私のせいじゃない。別に責任逃れをするんじゃないけど、その通りなの」

「どういう意味?」

「話すわ。でも……その前に……」

秋世は、本沢と桐山を交互に見た。「私、何より申し訳ないのは、あなた方の仲を、もしかしたら——」

「その心配はいらないよ」

と、桐山は言った。「僕は、本沢を親友だと思っている」

「――良かったわ」

秋世は、やっと笑顔を見せた。「私がどうなっても、あなた方に変りがなければ、本当に嬉《うれ》しい」

「なぜあんなことを？」

と、本沢は訊いた。

「どうしようもなかったのよ」

「というと」

「彼らのせいよ」

「誰のことだい？」

「彼ら。――私が住んでいた町を、今、支配している連中よ」

「それはどういう人間たちなんだい？」

秋世は、本沢を見て、言った。

「彼らは人間じゃないのよ」

「何だって？」

「吸血鬼なの。一般的な言葉で言えば」

本沢は、桐山と顔を見合わせた。

吸血鬼。――そんな言葉が、秋世の口から出るとは、思ってもいなかったのだ……。

本沢は、寒さすら感じなかった。

暖房など入っていない部屋で、不思議なことではあったが、事実、少しも寒さを感じなかったのである。

しかし——それでいて、本沢の心の中は、凍りつくようだった。

本当なのだろうか？　彼女の故郷の町を、今、「吸血鬼たち」が支配している……。

もちろん、まともな理性で聞けば、とても考えられない話である。この二十世紀に、しかも、いくら小さな田舎町といっても、日本のような、狭い国の中、ＴＶもラジオも当然のことながら受信できるはずだ。

そんな町で——しかし、何かが起ったのは確かなのだろう、と本沢は思った。秋世は嘘をついていない。

昨夜、本沢が秋世と寝たから、そう思うのではない。秋世の話し方は淡々として、少しも、本沢と桐山の二人を説得しようとか、信じ込ませようという意図を、感じさせなかったからである。

〈谷〉と呼ばれる、町から遠く外れた一角にひっそりと住んでいた「彼ら」が、町の有力者の娘が殺された事件をきっかけに、町の住人たちと争い始め、結局、彼らの下に町が屈服した……。

そのいきさつを、秋世は、至って穏やかに語った。

「──もちろん信じてほしいなんて言わないわ」

と、秋世は続けた。「とても、まともに受け取れるような話じゃないんですものね」

「俺は信じる」

と、桐山が即座に言った。

本沢は、ふと、胸が熱くなるのを覚えた。こんないい奴はいない。そうだとも！

「僕も信じるよ」

本沢は肯《うなず》いて、言った。秋世が、ちょっと声を詰まらせて、

「ありがとう。──嬉しいわ、私！」

と、二人を交互に見た。「あなたたちのような、いい人たちを騙《だま》してたのが、恥ずかしい」

「いや、そんなことはどうでもいいんだ」

と、桐山が言った。「僕らは気にしてない。それで充分だろう？」

「ええ……」

「実際的に考えようじゃないか。君は人を殺した。それは事実だ」

「ええ。罪は償うわ」

と、秋世は目を伏せた。

「しかしね、動機を、どう説明する？　君が、今、僕らに話してくれたことを、警察で話

したって、まず信じちゃくれないだろう」

「それはそうだろうな」

と、本沢は肯いた。

「そうなると、君はただ、普通の殺人犯として裁かれるか、精神病院送りになるだろうな。しかし、それじゃ何の解決にもならない」

「でも――」

と秋世が言いかけるのを、桐山は止めて、

「まあ、しゃべらせてくれよ」

と、軽い口調で言った。

その言い方が、まるで学生同士、夏休みの旅行の計画でも立てているという感じで、その場の重苦しかった雰囲気を、すっかり明るいものにしてしまった。

「君は、命令されてやって来た。だから、君が自首するだけじゃ、事の解決にはならないんだよ。命令した連中にまで、捜査の手が及ばないと。分るだろ？」

「うん、分る！」

肯く本沢も何となく元気が出て来た。

「今、君が自首して、警察へ話をしても、到底信じてはもらえないはずだ。だったら、信じないわけにいかないような証拠をつかむんだ。そして、警察へ出頭する。それしか方法はないだろ？」

桐山の論理は明快だった。「で、そのためには、どうするか、といえばだ――」

桐山がハッとしたような表情になった。

「どうしたんだ？」

本沢が訊くと、桐山は真剣そのものの表情で、言った。

「お前たち二人、一緒に何か食ったんだろ？　俺は朝から何も食べてないんだ！　ともかくどこかで飯を食おう。総《すべ》てはそれからだ！」

桐山が、高らかに、宣言する、という調子で言ったので、本沢は笑い出してしまった。

桐山も一緒に笑った。そして――秋世の顔にも笑みが浮かんで、ただ、その頰を、涙が濡《ぬ》らしているのだった……。


「――連中に弱みはないのかな？」

と、桐山がコーヒーを飲みながら言った。

三人は、大学の近くのレストランに入っていた。レストランといったって、学生もよく利用する、至って大衆的な店である。

「それは私にも分らないわ」

と、秋世は首を振った。「私だって、彼らの仲間ではないんですもの……」

——秋世は、少しの間、黙り込んだ。それからゆっくりと二人の顔を見て、言った。

「明日まで待って。明日になったら、きっと分ってもらえると思うの」

本沢と桐山は、ちょっと顔を見合わせた。本沢は、何となく不安になった。そうなる理由があったわけではないのだが。

「分ったよ」

と、桐山は肯いて言った。「でも、僕らのことは信じてくれよな。君をその連中から守るために、何だってする。——なあ？」

「ああ、もちろんだよ」

本沢も、ためらわずに言った。

「嬉しいわ。私は幸せ……」

秋世は、もう涙を見せなかった。

三人は、そのレストランを出た。桐山は、

「大学に用があるんだ」

と、肩をすくめて見せ、「もうすぐ卒業だってことを、つい忘れそうだよ」

と、おどけて見せた。

桐山が行ってしまうと、本沢と秋世は、何となく黙り込んで、それから顔を見合わせた。

「——アパートに戻ろうか？」

と、本沢が訊《き》くと、秋世は、ちょっと顔を伏せがちにして、

「構わないの？」

と訊いて来た。

「どこに行くっていうんだ？」

「そうね」

秋世は、ちょっと笑った。

この子が人を殺した。――もちろん、頭では分っていたし、信じてもいたのだが、何となく、どこか遠い世界での出来事のように、本沢には思えるのだった。

二人は、アパートに戻った。

部屋は、冷たかった。ストーブに火を入れても、そう簡単に、部屋中があたたまるわけではない。

「――寒いか？」

膝《ひざ》を立ててかかえ込むようにしている秋世を、本沢は抱き寄せた。ごく自然に、二人の唇が出会った。

まだ、外はやっと黄昏《たそが》れて来る時間だったが、二人は布団を敷いて、その中に潜り込んだ。ゆうべ通った道を辿《たど》るのは、むずかしくなかった。さらにその先まで……。

二人は、数時間を、まるで数分のように過ごし、眠った。

「僕が目を覚ましたのは、もう夜も大分遅くなってからだった」

と、本沢は言った。

酔った気配はなかった。聞いている宮田信江にしてもそうである。吸血鬼だの、殺人だのの話を――しかも大真面目な話を聞いていては、少々のウィスキーぐらいで、酔えるはずがない。

「彼女はいなかった。僕は起き出して、部屋の中を見回した。――もともと、大して広いアパートじゃないんだからね。彼女は外へ出て行ったらしかった。もう十時を過ぎていたんだが」

「見付かったの？」

と、信江は訊いた。

「表に出ると、救急車のサイレンが聞こえた。どんどん近づいて来る。僕は不安になって、じっと立って、待っていた」

本沢は、軽く息をついて、「サイレンが停るのを待って、そこへ駆けて行った。アパートから、ほんの数十メートルの所でね。人も少し集まっていた」

「彼女――だったのね？」

「そう。秋世だった」

「自殺した、ってあなた──」

「自殺にしても、奇妙で、無残な死に方だったよ」

と、本沢は首を振った。「大きな家で、立派な柵《さく》がめぐらしてある。その柵が、二メートルほどの高さでね、先端が、矢尻《やじり》みたいな形で尖《とが》ってるんだ。もちろん装飾としての意味もあってだけどね」

「それで、秋世って子は？」

「その柵の上に、引っかかるようにして、うつ伏せになって──柵の先端で胸を貫かれて死んでいた」

信江は、一瞬言葉を失った。

「自分で、そんなことを？」

「分らない。二メートルの高さだし、先が尖っていると言ったって、武器じゃないんだから、そう鋭いわけじゃなかったはずだ。でも──現実に、それは彼女を貫いて、背中から、飛び出していた。二本もね」

信江は、ごくりと唾《つば》を飲み込んだ。

「彼女は、白いネグリジェを着てた」

と、本沢は言った。「アパートに来て、割合にすぐに買ったものだ。でも、僕や桐山を刺激すると思ったのか、ほとんど着ないでしまい込んでいた」

「じゃ、それを出して身につけたのね」

「だと思うよ。でも――僕が見たとき、それも半分ぐらいは、血に染っていたけどね。実際、よく見ないと、白いネグリジェだとは分らないくらいだった……」

本沢は目をキュッとつぶって、指で押えた。

「ごめんよ。あのときのことを思い出すと……目の奥が焼けつくようなんだ」

泣いているのだ。やっと開いた目は、赤くなっている。

「秋世の死体をおろすのは、大変だったよ。柵から外すだけでもね。たっぷり時間がかかった。――寒かったけど、僕は何も感じなかったな。じっと、立って見守っていた」

本沢は、視線を宙に向けた。「一つだけ慰められたのは……」

「何なの？」

「やっと下へおろされて、地面に横たえられたときの、彼女の表情が、とても穏やかだったことだ。苦しんだ様子がなくて――ホッとしているようだった」

本沢は、ちょっと微笑んで、「灰にはならなかったんだ、なんて思ったのを、憶《おぼ》えてるよ。そのときは、ただポカンとしていて、悲しくもなかった。いつの間にか、桐山の奴も来ていて……僕を促して、アパートへ戻った。――僕らは、その夜、誓ったんだ。秋世の言っていた、『彼ら』を抹殺してやろう、とね」

信江は、黙って、本沢を見つめていた。

「──それで、僕と桐山は、別々に、あの町の人間を捜してるわけさ」

本沢は、大きく息を吐き出した。「でも、まだこの杭《くい》を本当に打ち込んだことはないんだ。いざとなると、怖くてね」

「私が第一号だったわけ？」

「それもまずかったよ。君が好きだったからね。やっぱり手が鈍った……」

「鈍って良かったわ」

信江は立ち上って、言った。「あなた殺人犯になるところよ。しかも見当違いの相手を殺して」

「そうだな。──桐山の方も、しくじったんだ」

「誰を殺そうとして？」

そう言って、信江はハッとした。「じゃ、姉が言ってたのは──」

「そうなんだ。桐山は、君の姉さんを殺そうとした」

本沢は、ふと不安げな表情になった。「そうか。すると姉さんも、あの連中とは関係ないのかもしれない」

「当り前よ！　その桐山って人に言って。姉も私も、ほとんどあの町にいなかったんだから」

「すると──危いかもしれない」

本沢が、呟《つぶや》くように言った。

「危いって？　姉が？」

「うん、いや、桐山のことじゃなくて、だ。君の姉さん、あの町へ向ってるらしいんだ。桐山がそう言って来た」

「お姉さんが……」

信江は、呟くように、言った。

急に、部屋が冷え冷えとして来るような気がした。

# 8　古い傷

夢の中で、小西《こにし》は、サイレンの音を聞いていた。

それは、美しい、のどかな夢だったのだ。職を退いて、のんびりと野山を歩き回る。

——小西には、それ以上の老後は必要なかった。

つりの趣味もないし、盆栽作りも好みでない。といって、世界一周旅行に出るほどの金が、退職までに貯まるわけもなかった。

いや、もう面倒だ。ただ、時々、近所まで散歩に出る。それくらいで、充分に気晴らしができる。

ただ、少し、田舎の方の、のどかな場所に家を買うか、借りるかして……。

それぐらいの費用は、子供たちが出してくれるだろう。いや、その見込みは、甘いかもしれない。

そうなれば、退職金を大切に取っておいて、少しずつ、少しずつ、ケチに徹して使っていく。そうすれば、何年かはもつだろう。

侘《わび》しいもんだ。——これだけ長いこと、苦労して、報いのわずかなことと来たら……。

いや、グチっぽい年寄りになるのはよそう、と小西は思った。いつも、文句ばかり言っている老人を見る度に、ああはなりたくない、と思っていたのではなかったか。

しかし、老人の気持は、自分が老人にならないと分らないものなのだ……。

俺もずいぶん老け込んだもんだ、と小西はまどろみながら苦笑していた。まだ、そう弱っちゃいない。そうだとも。

尾行だって、張り込みだって、まだまだ若い奴らに負けやしないんだ。もっとも——最近は、あまりそういう仕事をしなくなったのだが……。

老け込んだのか。——そうかもしれない。しかし、それだけではない。この左足首の傷が、今も、寒くなるとうずくのである。それが、つい小西の足を鈍らせる。

夢がさめかけていた。そして、一つの顔がそこに現われた。

必死で訴えている顔、助けを求めている顔、自らの罪におののいている顔——中込依子《なかごめよりこ》の顔だった。小西の左足首に切りつけた、当の本人である。

しかし、彼女のせいではないのだ。彼女は背後に何かを負っていた。その謎は、結局中込依子の死で、暗闇の中へ閉じこめられてしまったのだが……。

小西は、目を開いた。——完全に、目が覚めていた。

何かあったな。

小西は布団に起き上った。パトカーのサイレンが、方々から聞こえて来る。その一台は、小西のいるアパートのすぐ前を、駆け抜けて行った。

小西は、窓の方へ歩いて行きながら、棚の上のデジタル時計に目をやっていた。午前二時八分。

本当なら、当り前の長針短針のある時計がいいのだが、文字の大きく出るデジタル時計の方が、やはり便利なのである。

カーテンを開けると、通りに、何人か警官の姿がある。非常警戒らしい。

小西はためらわなかった。急いで、明りを点《つ》け、服を着た。

妻を亡くして、小西は今、独り暮しである。この小さなアパートに移ったのも、独りになってからのことだ。広い家では、やはり何かと不便なのである。

娘夫婦が、一緒に住んだら、とも言ってくれたが、小西の商売は、夜も昼もない。夜中に事件で叩《たた》き起されたりすれば、娘の家族にも迷惑になる。

結局、退職まで、ということで、自ら選んだ独り暮しだった。

——アパートの二階から、外階段を下りて行くと、

「出ないで下さい！」

と、若い警官が一人、やって来る。「非常警戒中です。家に入っていて下さい」

「おい！　いいんだ」

と、古顔の警官が飛んで来た。「小西警部だ。警部、起してしまったようで」

「いや、構わん。何事だ？」

と、小西は訊《き》いた。

外気は思いの他冷たい。吐く息が白くなった。コートでも、はおって来るんだった。

「失礼しました」

若い警官が敬礼して、駆け出して行く。

「若くていいな」

と、小西は微笑んで、それから、真顔になった。「かなり大がかりだな」

「ええ。また女の子が……」

小西の顔がこわばった。

「またか！　いつだ？」

「二十分ほど前です。幸い未遂でしたが、ちょうど、パトロール中の警官が見付けて」

「じゃ、女の子は無事だったんだな」

小西は、息を吐き出した。

「しかし、けがをしていまして。その子の方に手間取って、犯人を逃してしまったらしいです」

「二十分か」

小西は付近の家並《やな》みを眺め回した。「現場は？」

「ここから、歩いて十五分ほどの所です。もう手配は終っているはずですが」

「間に合ったかどうか。ぎりぎりのところだな」

「ええ」

小西は、通りに出た。もちろん時間が時間だ。地方の小都市では、通る車など多くない。だが、犯人が車を使っているかどうか、小西には疑問だった。

「──いくつの子だ？」

と、小西は訊いた。

「八歳とか……。窓を破って入ったようです」

小西は肯《うなず》いた。──この三か月ほどの間に、七、八歳の女の子が、五人、殺されていた。この小さな都市にとっては、大事件である。

町は、一時ほとんどパニック状態に陥っていた。この数週間は何事もなく、やっと少し落ちつきが見えて来ていたのだが……。

「これでまた大騒ぎですな」

と、警官の方が顔をしかめて、「我々が肩身の狭い思いをしなきゃならんわけで」

「しっかりしろ」

と、小西は、穏やかな口調ながら、きっぱりと言った。「それは警察官の宿命だ。──いくら我々が肩身の狭い思いをしたって、子供を殺された母親ほど辛《つら》くはないぞ」

「はあ」

と、少しきまり悪そうに、頭をかく。

「行ってくれ。私はもう少しこの辺にいるつもりだ」

「かしこまりました」

警官が走り出して行く。

小西は、一旦《いったん》、アパートへ戻ろうかと思った。じっと立っているには、少し寒さが厳しいのだ。

しかし、少女殺し、と分ったせいもあって、何となく、その場を動く気になれない。ちょっと持ち場を離れている間に、犯人が通り過ぎるかもしれないと思ってしまうのである。

まあいい。——どうしても我慢できないというほどの寒さでもない。

殺された女の子の身になってみれば……。

初めの二人は、外でやられていた。

もう、大分陽の落ちるのが早くなった。その二人は、暗くなってからも外で遊んでいて、襲われたのだった。一緒に、ではない。

その二つの事件は、一週間あけて、起っていた。

実は、二人目までの時点では、それが人為的な犯行かどうか、はっきりしなかったのだ。二人とも、喉《のど》を、かみ切られるようにして殺されていたからである。

野犬がやったのかもしれない、という発表を、警察がしたくらいだった。

全市を恐怖の中へ叩き込んだのは、その半月後に、三人目の子が犠牲になってからだったのだ。三人、しかも同じような年齢の女の子ばかり、というのは、偶然とは到底考えられなかった。しかも、今度も喉をかみ切られているのだが、検死の結果、はっきりと、人間の唾液《だえき》が検出されたのである。

この発表が、パニックを巻き起した。

それぐらいの年齢の女の子を持つ母親たちは、子供たちだけでは外へ出さなくなった。子供同士で遊ぶときも、親が交替で、必ずそばについているようになったのである。

もちろん、警察は、県警をあげて、大捜査陣を敷いた。あらゆる捜査が、あらゆる方面で続けられた。

変質者とみられる連中のリストが洩《も》れて、マスコミにこっぴどく叩かれたりもした。

小西は、殊更、その点には気をつかった。もし、市民がパニック状態になったら、変質者とみなされた人間が、リンチまがいの被害に遭うことも考えられたからだ。

しかし、幸い、事態はそこまでは過熱しなかった。

人々は、一方で警察の捜査が一向に成果を上げないのに苛立《いらだ》ちながら、一方では、一か月も事件が起らないので、忘れかけていたのである。

第四の犯行は、何と、深夜、子供部屋に忍び込んだ犯人によって行われた。これには、小西も啞然《あぜん》としたものだ。

もはや家の中も安全ではない、というので、町を出る親子もいた。学校は休ませ、犯人が捕まるまで、親類の家に身を寄せる、という例も少なくなかったのである。

再び、警察の無能が、標的になった。――誰か、偉い政治家の息子が犯人だとか、色々な噂も流れた。

県警の本部長も、今度事件が起きたら、辞職に追い込まれるだろうと言われていた。しかし、辞めても、犯人が見付かるわけではない。

小西も、現場の責任者の一人として、クビも覚悟はしていたが、それは犯人を逮捕してからのことだ、と思っている。逮捕の後で、それが遅れた責任を取るのが、筋だというのが、小西の考えだった。

そして五人目――今、六人目だ。幸い、命は取り止めたというのが、救いだったが……。

しかし、八歳の子では、意識を取り戻したとしても、犯人の特徴などを、どこまで記憶しているか、あまり期待はできないだろう。

それにしても、大胆な犯行である。

小西は、ふっと息をついた。また更に気温が下っているようだ。

やっぱりコートがいるかな、と小西は思ってアパートの方へ戻りかけた。

アパートのわきの暗がりで、誰かの影が動いた。

「誰だ?」

と、小西は声をかけた。

向うの動きが止った。そして、今度は素早く、奥へと消える。

動きそのものが、「怪しい」と告げているのだった。

小西は、駆け出そうとして、振り向き、

「おい! 誰か来い!」

と、思い切り怒鳴った。「早く来い!」

警官が三人、あわてて駆けて来る。

「誰かがそこへ逃げた。――反対側へ二人。一人は俺と来い!」

小西は拳銃《けんじゅう》を握っていた。無意識の内に、だった。

「気を付けろよ!」

と声をかけておいて、小西は、あの影が消えた暗がりへと駆け込んで行った。

アパートのわきを入ると、そこはまるきりの暗がりである。

塀の合間で、街灯の光も届かない。昼間は、よく近道に通るものだが、夜には誰も通ることのない場所だった。

「明りを」

と、小西は、ついて来た警官に言った。

「はい」

警官が、懐中電灯を外して、点灯する。

その瞬間だった。小西の背後で、何かが、ドサッと落ちて来た。

明りが、一瞬にして消えた。

「ワッ！」

という声。

警官の声だ。小西はハッと、狭い露地で、振り向いた。

「どうした！」

と、声をかける。

誰かが、そこにいた。ほんの数メートル——いや、三メートルとなかっただろう。

小西が入って来た方向は、いくらか、光が洩れている。その薄暗さの中に、誰かの輪郭が浮かんでいた。

「誰だ？——返事をしろ」

と、小西は拳銃を構えて、言った。

撃つべきか、一瞬迷った。しかし、警官を撃ってしまう恐れがあった。

「撃つぞ！　答えろ！」

と、小西は言った。

喘《あえ》ぐような息づかいが、聞こえて来た。

小西は、何かの匂いをかいだ。これは何だろう？　これは……血の匂いだ。

ゾッとして、身震いした。そこにいるのは、人間なのだろうか？

撃て！　小西の頭が命令を下している。

すぐに撃て！

引き金を引くのが、命令から少し遅れた。といっても、おそらく一秒か二秒の差だったろう。

それが、決定的な遅れになった。

何かが、小西の頭を直撃した。殴られたのか、けられたのか、小西にも分らなかったが、一瞬、めまいがして、よろけた。

引き金を引く指に力が入った。発射した火が、地面に向って尾をひく。

小西は、下腹に食い込む痛みを覚えて、そのままうずくまった。

走り出す足音。——遠去かる。遠去かって行く。

畜生！　もっと早く——もっと早く引き金を——。

小西は、そのまま、地面に突っ伏した。

意識を取り戻したのは、病院のベッドの上だった。

「心配しましたよ」

三木《みき》の顔が見えた。

「お前か」

と、小西は言って身動きした。

ちょっと顔をしかめる。頭が痛かった。

「動かない方がいいですよ」

三木刑事は笑顔で言った。

「楽しそうに言うな」

と、小西は三木をにらんだ。「あいつはどうした？」

「逃げたようです」

「そうか。——引き金を引くのが、遅かったんだ」

「仕方ありませんよ。あの状況では」

「言いわけにはならん」

小西は、ふと気付いて、「一緒にいた警官は？」

と訊《き》いた。

「死にました」

小西は、青ざめた。

「――何だと?」

「頭を割られて。何か鈍器で殴られたようです」

小西は、思わず目を閉じた。

「俺が殺したようなもんだ」

「警部――」

「分ってる。少し放っといてくれ」

「ええ」

三木は肯《うなず》くと、「また報告に来ます」

と、病室を出て行きかけた。

「おい、待て」

と、小西は呼びかけた。

そうだ。今は、勝手に落ち込んでいるときではない。

「手がかりは?」

「色々、今回は出ましたよ。パトロールの警官がチラッとですが、犯人の姿を見ています
し、子供の部屋にも指紋が残っていました」

「照合は?」

「前科はありません」

と、三木は首を振って、「ただ、割り出しは楽になりました」

「さぞ、警察は叩《たた》かれてるだろうな」

「いつものことですよ」

と、三木は気軽に言った。「警部には好意的です」

「ありがたい話だ」

小西は、苦笑した。「――すぐ退院するぞ。仕度を手伝ってくれ」

「三日間は安静です」

「捜査本部で座ってるさ」

「だめです。言うことを聞いて下さい」

「俺は勝手に退院するんだ。お前の知ったことか」

と、小西は起き上った。「こんな所で、一人で寝ちゃいられん」

病室は、個室だった。料金もかなり高いはずである。

そのドアが開いた。

「お父さん――目が覚めたの？」

小西の娘、千枝《ちえ》である。

「お父さんが退院すると言って、聞かないんです。止めて下さいよ」

と、三木が千枝に言った。

「任せて下さい。父の扱いは馴《な》れてますわ」

と、千枝は笑顔で言った。「それに、この子もいるし」

千枝の後ろから、女の子の顔が覗《のぞ》いた。

「何だ、学校はどうした？」

と、小西は訊いた。

「今日は土曜日で半日。ね、千晶《ちあき》」

「うん」

今年、八歳になる千晶は、母親似である。

小西も、ふてくされてはいるものの、孫にはつい、笑顔を見せてしまう。

「じゃ、後はよろしく」

と、三木が言った。「お嬢ちゃん、大きくなりましたね。久しぶりだな、会うのは」

「そうですね。ほら、千晶、ご挨拶《あいさつ》は？」

千晶は、しかし、そのクリッとした大きな目で、じっと三木を見つめていた。

「おやおや、そう見つめていられると、照れるな」

と、三木は笑った。

「千晶ったら。——すみませんね」

「いいえ。じゃ、小西さんを、おとなしく、寝かせといて下さい」

三木は、千枝に会釈して、出て行った。

「やれやれ……」

こうなっては仕方ない。

小西は、またベッドに身を委《ゆだ》ねた。

「どう、具合？」

千枝が、傍の椅子に腰をおろす。

千枝は三十一歳である。今の姓は山崎《やまざき》といった。

せいぜい二十七、八にしか見えない。若々しい美貌《びぼう》のせいもあったが、どことなく子供っぽい——といってはピンと来ない、無邪気なところがあるのだ。

「旦那《だんな》は？」

「出張。明日の夜まで帰らないわ」

「そうか」

「けがは？」

「大したことはない。犯人が挙がりゃ、すぐ治る」

「無茶言ってる」

と、千枝は笑った。「もう若くないのよ。無理しないで」

「分ってる。何もしてやせんさ。当り前の仕事をしただけだ」

「でもね——」

と、言いかけて、千枝は笑った。「言ってもむだか」

「分ってたら、言うな」

小西は、千枝が来たことで、大分、心が軽くなっていた。

千枝は、生来が楽天家で、のんびり屋である。しかも、個性が強いので、周囲の人間まで、自分と同じように明るくしてしまう、不思議な力を持っていた。

「千晶も八歳か」

と、小西は言った。「用心した方がいいんじゃないか」

「充分用心してるわ」

と、千枝は微笑んだ。「心配しないで。夜は一緒に寝てるし、遊びに出るときもついて行くし」

「そうか」

小西は、軽く息をついた。「もう少しだからな」

「ともかく今は、体が大切よ」

千枝は、小西の方へかがみ込んで言った。

「——あら、千晶。何してるの?」

孫の千晶が、窓から、じっと外を眺めている。

「何か面白いものでも見えるんだろう」

と、小西は言った。「今日は天気が悪いのか」

「雨が降ったりやんだりよ」

「やっぱりな」

左足首の、古い傷が、痛む。雨のときには、決って、だった。

妙なものだ。——小西は、今度の一連の少女殺しが、この傷を負ったときの、中込依子の事件とだぶって見えて、ならないのである。

あのとき、中込依子は、剃刀《かみそり》で、人の喉《のど》を切り裂いていた。今度はかみ切られているのだ。しかし、人がなぜそんなことをするのだろうか？

そこには、何か特別な事情があるはずだ。

ただの、変質者の殺人とは、わけが違っている。

喉をやられていること、そして、犯行の状況の異常さなど、あのときの、色々な出来事を思い出させるものが、いくつかある。

ただの偶然かもしれないが、そうでないかもしれない。——小西には、ともかく気になっていたのである。

「千晶。少しおじいちゃんとお話ししたらどうなの？」

と、千枝が言うと、千晶は、やっと窓から離れて、小西の方へやって来た。

「何かいいものが見えたのか？」

と、小西が手を伸ばして、千晶の頭を撫《な》でてやる。

「今、出て行った人が歩いてった」

と、千晶が言った。

「三木か？」

「みきっていうの？」

「そうだよ」

「変な人」

「そうか？」

小西は笑った。「じゃ、そう言っとこう」

千晶は、丸い顔に、大きな目をしている。可愛い顔立ちだ。

ただ、この子の目には、ちょっと独特のものがあった。

千晶に、じっと見つめられると、小西は何だか、心の底まで見透かされるような気になる。大きな黒い瞳《ひとみ》は、どこか奇妙に知的な色を帯びていた。

「あんまり、大人のことを、『変な人』なんて言っちゃだめよ」

と、千枝がたしなめた。

「うん」

「お父さん、何か欲しいもの、ある？　買って来るわよ」

と、千枝が言った。

「そうだな。新聞を頼む」

「具合が悪くなるわよ」

「見たいんだ」

「分ったわ。食べるものとかは？」

「いらん。いや――何か食べようか」

「サンドイッチでも？」

「うん。適当でいい」

「じゃ、千晶は？　ここにいる？　いい子にしててね」

千枝が、急いで病室を出て行くと、千晶は小西のベッドの枕もとへ回って来た。

「ねえ、おじいちゃん」

「何だ？」

「あの、みきって人、けがでもしたの？」

「三木が？　いいや。どうしてだ？」

「そうかなあ。じゃどうしてだろう？」

と、千晶が首をひねる。

「どうしたっていうんだ?」

と、小西は訊《き》いた。

「だって、さっきあの人を見たら、血で、一杯に汚れて見えたんだもの」

「血で?」

「うん。すごく沢山血をかぶったこと、あるんじゃない?」

と、千晶は訊いた。

# 9 椅子

病室のドアが、ためらいがちにノックされた。

小西は、少しまどろんでいたが、すぐにノックの音に気付いて、声をかけた。

「入ってくれ」

ドアが開くと、若い男が、顔を覗《のぞ》かせた。

「遠慮してないで入れよ」

小西は、気軽に言った。しかし、まだ警官になって二年目という新人にとって、小西のようなベテラン警部は、とても気軽に口をきける相手ではない。

「失礼します」

と一礼して、病室へ入って来る。

「そんな入口の所に立ってたんじゃ、話もできん。そこの椅子を持って、ベッドのわきへ来てくれ」

「はい。では——」

青年は、相変らず緊張の面持ちで、言われた通り、小西のベッドの傍へ腰をおろした。

小西は、ちょっと窓の方へ目をやった。

「もう、外は暗いか？」

「はあ。かなり薄暗くなっております」

「そうか。俺の人生と同じだな」

と、小西は、ちょっと微笑んで見せた。

警官も、かなり引きつってはいたが、多少は気が楽になった様子で、笑顔を見せた。

「警部殿には、まだまだ活躍していただきませんと」

「おいおい、年寄りを慰めてるつもりか？　こっちはいい加減、お役ごめんにしてほしいと思ってるんだぞ」

と、小西は笑った。

「はあ。申し訳ありません」

「謝ることはない。——水本《みずもと》君だったな」

「はい」

「悪いがカーテンをしめてくれ。きっちりと、だ」

水本巡査は、急いで立って行った。小西が、

「待て」

と鋭く声をかけた。「外から君の姿が見えないように、カーテンを引け。右半分を引い

たら、窓の下をぐって――そうだ」

水本は、言われた通りにして、カーテンを隙間なくしめると、椅子に戻った。

「この間、六人目の女の子が襲われた夜のことを憶《おぼ》えているかね」

と、小西は一息ついてから、言った。

「はい。警部殿が負傷されたときのことですね」

「『警部殿』はよせよ。『警部』だけでいい。『殿』がつくと、郵便の宛名《あてな》みたいだ」

「申し訳ありません」

「あのとき、俺に家に入っていろと言って来たのは君だったな」

「そうです。警部殿――警部とは気付きませんで――」

と青い顔で目をそらす。

「いいんだ。君のあのときの身のこなしが印象に残ってな。俺も君のように軽やかに動けたときがあった」

「はあ」

水本は、訳が分らない様子で、小西を見た。

「今は非番か」

「はい。今しがた……」

「何か用事があったんじゃないのか?」

「いえ、別に。――自分はまだ独り者ですし」

「デートじゃなかったのか」

「残念ながら、相手が……」

水本は頭をかいた。どう見ても高級品とは言えないジャンパー姿の水本は、学生といっても通用しそうに見える。

「そうか。――警官は何かと損な商売だからな」

小西は、ニヤリと笑って、「しかし、適当に遊べよ。無理に聖人になろうとして、おかしくならんようにな」

「はあ」

小西は、真顔になった。

「君がここへ来ることは誰も知らんな？」

「そういうご指示でしたので」

「同僚や上司にも？」

「はい、一言も」

「よし」

小西はためらっていた。彼としては珍しいことだ。一旦《いったん》心を決めて、わざわざこうして水本を呼びつけておきながら、まだためらっている。

今の自分の気持に、何の根拠もないことを小西自身、よく知っているせいだろう。おそらく、こうして焦りと苛立《いらだ》ちの中で、為《な》すすべもなくただ横たわっていると、天井の、何でもない小さな割れ目が、少しずつ広がっているように見えたりするのと同じで、特別に意味のないことが、重要なことのように思えて来るのかもしれない。

しかし、何でもないことだと分れば、それはそれでいい。ただこうしてもやもやしたものを抱いて寝ているよりは……。

「これからの話は――」

と、小西は言った。「君の胸の中だけにおさめておいてくれ」

「かしこまりました」

「そうかしこまらなくてもいい」

小西は、むしろ自分をリラックスさせるように言った。「君は、俺がやられたとき、あの塀の合間の反対側へ回っていたんだな」

「そうです」

「俺と一緒にいた奴は、死んだ。――よく知っていたか?」

「いえ、顔ぐらいです」

「そうか。――君は、あのとき、犯人が逃げるのを見たのか?」

「ほんの一瞬です。それも黒い影がチラッと目に入っただけで」

「どんな奴だったかは分らないわけだな」

「はあ。残念ですが」

と、水本は肯《うなず》いた。

「これは――漠然とした訊《き》き方だがね」

小西は、水本から目をそらして、言った。その方が、妙なプレッシャーをかけずに済むと思ったからだ。

「その人影の動きとか――何かほんのちょっとしたことから……どこかで見たことがある、あるいは知っている奴だ、という印象を受けなかったか？」

――しばらく返事がなかった。小西は水本の方へ顔を向けた。

当惑している。それは当然といえた。しかし、ただ困っているというのとは、どこか違っているようだ。

「どうした？」

と、小西は言った。

「いえ……」

水本は、ためらいながら言った。「警部がそうおっしゃるとは思わなかったものですから」

「ほう」

「実は、自分も、そんな気がしておりました」

「——そうか」

小西は、鼓動の早まるのを覚えた。この若い警官もそう思っていたのだ！　思い過しではなかったのかもしれない。

「ただ、それが誰なのかと訊かれると答えられないんですが」

と、水本が続けた。「それに、本当にチラッと見ただけですから」

「分るよ」

小西は安心させるように、肯いて見せた。

「警部は、なぜそう思われたのですか？」

水本の質問に、小西は答えなかった。

「俺がやられた後のことだが、君はすぐ本部へ連絡を入れたな」

「もちろんです。あの一帯の緊急手配と、それに救急車を要請しました」

「本部で無線に出たのは、三木だったか？」

「いいえ。誰だったかよく分りません」

「三木は知ってるな」

小西は、さり気なく本題へと入って行った。

「もちろんです」

「三木の声なら、聞けば分るか」

「分ると思います。それにあのときは——」

と、言いかけて、水本は言葉を切った。

「どうした？」

「いえ……。三木さんは、少し遅れてみえました。現場へ」

「そうか。どれぐらいしてからだ？」

「たぶん一時間は……。大分捜し回った後でしたから。そうです。それに、ご自分で、そうおっしゃってました。『ちょっと帰ってる間に出て来るんだからな』と。今、思い出しましたが」

「そうか」

「たぶん一風呂《ひとふろ》浴びて来られたんだと思いました」

小西は、ちょっとハッとした。

「一風呂だって？　どうしてそう思ったんだ？」

「いえ——別に——ただ、何となく」

水本はどぎまぎして、「たぶん……そうです。石ケンの匂いがしたんだ。そうでした。近くに立ったとき、そんな匂いがして、ふっとお風呂へ入ったんだな、と思ったんです」

話しているうちに、水本の声が高くなる。

そして、唐突に、水本は言葉を切った。

二人の間に、沈黙があった。徐々に、何かがしみ込み、広がって行くような沈黙だった。

どれくらい、二人は黙り込んでいたのだろう。——おそらく、ほんの一分間ぐらいのことでしかなかったのだろうが、小西には、いや、おそらく水本にも、途方もなく長い時間のように思えた。

ドア越しに、廊下から、お食事ですよ、という声がして、水本は腰を浮かしかけた。

「いいんだ」

と、小西は手を上げて、「ここじゃない。あんな病人用の食事じゃあ、犯人と格闘もできんからな。勝手に食べることにしてる。大体、早過ぎるんだ、時間が」

「そうですね」

「後で、娘が運んで来てくれる。まだ時間はある」

関係のない話をしたことで、重苦しさが多少は取り除かれたようだった。小西は、ゆっくりと息をつくと、胸の上で両手を組んだ。

「こんなことを考えるのは、気が重いもんだ」

「そうですね」

と、水本はくり返した。「しかし——本当に、三木さんが……」

「分らん。だが、もしそうだと分っても、俺はそんなに驚かない」

水本は、ちょっと考えてから、言った。

「自分は何をすれば……」

「『自分』ってのもよせよ。軍隊みたいで好かん。『僕』でも『俺』でもいい」

「申し訳ありません」

「色々うるさく言って済まんな」

と、小西はちょっと笑った。「しかし、年齢《とし》を取るとこういう風になるもんさ」

「警部。――僕は、何をすれば……」

「これまでの事件が起ったときの、三木のアリバイを調べてくれ」

「かしこまりました」

水本は、具体的な命令が出てホッとしたようだった。「でも、あまりおおっぴらに訊いて回るわけにもいきませんね」

「もちろんだ。三木に気付かれてはならんし、そんな噂が立つのもまずい」

「分りました。では、さり気なく話をしてみます」

「頼むぞ。俺が自分でやれるといいが、この体では難しい」

「ご心配なく。簡単にはいかないと思いますが、やってみます」

「ああ、よろしくな」

小西は肯いた。「それから、この前、犯人が子供部屋へ忍び込んだとき、指紋を残したと言ったな」

「そのようです。前科はなかったようですが……。では、三木さんの指紋と合わせてみますか？」

「それが一番確実だろう。三木の指紋なら、採れないことはあるまい」

「分りました。では、それを第一にやってみます」

「鑑識の人間から話が洩《も》れないようにしてくれよ。——何といっても、慎重の上にも慎重にやる必要がある」

「承知しています」

水本は、しっかりと肯いた。「しかし、警部、もし三木さんが犯人だとしたら、犯人の指紋というのも、すり換えられているかもしれません」

なかなか頭の回る男だ。小西は、自分の目に狂いはなかった、と思ってニヤリとした。

「そいつは俺も考えた。しかし、指紋のような重要証拠だ。いくら三木でも、そうたやすくいじくり回すわけにはいかんと思う」

「そうですね。では、ともかくその方を、早速当ってみたいと思います」

やっと迷いがふっ切れたという様子で、水本は早口に言って立ち上った。

「いいか。無理をするなよ」

と、小西は指を立てて、「警官も一人死んでいる。早い方がいいのは確かだが、焦ると君も危い」

「充分注意します」

水本は、むしろホッとしたようで、張り切っている感じだった。

「俺は三木とは長く組んでいるんだ。——思い違いであってくれたら、その方がありがたい」

「しかし警部——」

と、水本は言った。「なぜ、疑いを持たれたんですか？」

「そのわけか」

小西は、微笑んだ。「もし、心配が本当だと知れたら、そのときに教えてやるよ」

「分りました。では、失礼します」

水本は、病室へ入って来たときの、おどおどした様子はすっかり消えて、明日から夏休みという日の小学生のような、軽い足取りで出て行った。

——小西は、少し疲れを覚えていた。

全く、俺もガタが来たもんだ。

三日間で退院の予定が、もう一週間になる。それでも、医者の方からは、まだＯＫが出ないのだ。

こうなると妙なもので、却《かえ》って焦りのようなものはなくなる。確かに、少々無理もたたっているのだろう。フラつく足で犯人を追い回しては、却って邪魔になるばかりだ。

ただこうしてじっと寝ているしかないのだから、頭を働かせよう、と思った。

一瞬といえども、小西は犯人と顔をつき合わせているのだ。あの何秒間かのことを、徹底的にくり返し思い出して、何か、手がかりをつかみたい、と思った。

長年、記憶力を鍛えて来たのだ。チラリと見ただけで、相手の身長、体重、着ている物の色、柄から靴まで見分けて、憶《おぼ》えていなくてはならない。車なら、車種から色、タイヤはどこのものだったか……。

それが小西くらいの年齢になれば、もうほとんど習慣になっている。あの暗がりの中でも、あれだけ近くにいたのだ。何か——何か憶えているはずだ……。

人間をよく知っている相手なら、クシャミや息づかいだって聞き分けられる。小西はあのとき、犯人の息づかいを耳にしていた。

何度も思い出しているうちに、それが、「誰か知っている人間のもの」だという気がして来たのだ。同時に——いや、実際はこっちが先に頭にあったのかもしれないが——孫の千晶の言葉を、それにつなげていたのである。

「血で一杯に汚れて見えた」

千晶は、三木を見て、そう言ったのだ。

「——お父さん」

と呼ばれて、小西はハッとした。

病室のドアが開いて、娘の千枝が立っている。小西は、軽く息をついた。

「お前か。――入って来たのに気付かなかったよ」

「うとうとしてたんじゃないの？」

と、千枝は微笑んで、「ご注文通り、ちらし寿司《ずし》よ」

ベッドのわきに回って来ると、手提げ袋から、紙包みを取り出す。

「済まんな」

小西は、少し体を起した。「やれやれ、すっかり病人になっちまった」

「散々無理してんだもの」

と、千枝は、ちょっと父親をにらんだ。「あれだけ注意してあげたのに」

「仕方あるまい、今さら言っても――何だ、一緒だったのか。こっちにおいで」

孫の千晶が、ドアの所に立って、小西を見ている。その黒い、大きな瞳《ひとみ》は、八歳の子供にしては、不思議にさめたものを湛《たた》えていた。

千晶は、ベッドの方へ近づいて来たが、すぐそばまでは来ないで、ベッドの少し手前で足を止めると、母親が、ポットのお湯でお茶をいれるのを眺めていた。それから、千晶の目は、ベッドのわきの、空の椅子に移った。

「千晶にも、おいなりさんを買って来たのよ。一緒に食べるでしょ？」

「うん」

と、千晶は肯《うなず》いた。

「椅子に座ったらどうだ?」

と、小西が声をかけると、千晶はトコトコやって来たが——。

「おじいちゃん」

「何だい?」

「今、誰かここに来てた?」

「ああ。——少し前だけどな」

「この椅子に座ってた?」

「うん、座ってたよ。どうしてだ?」

「男の人だったね。若い人で、ジャンパー着てた」

「千晶。やめなさい」

と千枝が、少しきつい調子で言った。

「はあい」

千晶が、少し口を尖《とが》らして、つまらなそうに言った。小西は、少しの間、孫を見つめていたが、

「何か飲むものがあった方がいいだろ。ジュースでも買って来るか」

「うん」

「よし、おじいちゃんも後で飲むからな、二本買って来てくれるか？」

「いいよ」

小西が小銭を渡すと、

「廊下の突き当りに自動販売機が――」

と、言い終らないうちに、

「知ってる！」

と言い残して、千晶は出て行ってしまった。

「いなり寿司にジュース？」

と、千枝が苦笑しながら、「さあ、お茶」

「ありがとう。――ここにもお茶の葉はあるが、ひどいもんだ。色しか出ない。ありゃ絵の具だよ」

「ぜいたく言わないの」

千枝は椅子にかけた。「――お父さん、本当に、ジャンパーを着た若い男の人が、ここに来てたの？」

「うん」

と、小西は肯いた。「警官だが、私服で来ていた」

「そう」

千枝は、ちょっと首を振った。「困ったもんだわ」

「前からか？」

「そうね、この一、二年じゃないかしら。時々、突然妙なことを言い出すの。子供のことだし、ちょっと空想癖もあるから、気にしてなかったんだけど……」

と、千枝はためらった。

「何かあったのか」

「私のいる団地の中の駐車場をね、あの子を連れて歩いてたの。日曜日で、いい天気だったし、ご主人たちが、車を洗ってたのよ。——その一台の前で、千晶が足を止めてね、洗うのをじっと見てたの。洗っていた人が千晶に気付いて『どうだい、きれいになっただろ？』って訊《き》いたら、あの子、『ちっとも落ちてないよ』って言うの。それから、『一杯血がついてるよ』って……。相手が真青になったわ。私、怖くなって、あの子を引っ張って逃げ出しちゃった。その二日後に、その人、ひき逃げで捕まったの。千晶が見た前の日に、人をひいて殺してたのね」

「お前の目には、何も見えなかったわけだな？」

「全然。きれいなものだったわ……」

「あの子には、何かそういう能力があるんだ」

と、小西は言った。

「警官がそんなことを言ってもいいの？」

千枝は冗談めかして言ったが、目は笑っていなかった。

「しかし、そうとしか思えんよ」

「あの子の前で、そんなことを言わないで」

と、千枝は真顔で言った。「危険だわ。分るでしょ？　そのひき逃げした人だって、もし、あの子がそれを知ってると思ったら、あの子に危害を加えようとしたかもしれないわ」

なるほど、そこまでは小西も考えていなかった。

しかし、三木の場合は大丈夫だ。万が一、水本がしくじって、三木が、疑われていることに気付いたとしても、そのきっかけが千晶の言葉だなどと、気付くわけがない。

「きっと、子供のうちだけだわ」

と、千枝が言って、ドアの方を見た。「大体、私もお父さんもそんな勘なんて、ちっとも持ってなかったのにね」

「亭主の浮気に気付く勘は持ってるんじゃないのか？」

小西の言葉に、千枝は笑い出した。

そのとき、廊下で突然悲鳴が上った。続いて、何かが激しく壊れる音。

千枝が病室から飛び出すと、小西の方もベッドからはね起きて、後を追っていた。

# 10　抹殺

水本は、至って真面目な警官には違いなかった。

若くて、張り切っていた。近頃の若い警官には使命感というものは、次第に薄らいで来ている。水本は、その少々時代遅れな「使命感」を、たっぷりと持ち合わせていた。

小西の話に、体を熱くさせながら病院を出た水本は、しばらく表を歩いた。

もう、すっかり夜になっていて、風も少し冷たいくらいだったが、一向に苦にならない。

興奮が冷めて来ると、今度は怒りが湧き上って来る。

女の子の連続殺人事件。それだけで、子供のない水本でも怒りを駆り立てられたものだが、一向に犯人の手がかりがつかめないことへの苛立《いらだ》ち、マスコミの非難の中での反発……。そういったことが、一層、犯人への怒りをつのらせていた。

それが——刑事の犯行かもしれないとは！

水本は、到底、許せない、と思った。この手で手錠をかけてやりたい。

もちろん、証拠を固めることは必要だが。

水本が命令に忠実な、優秀な警官である点、小西の目に狂いはなかった。ただ、小西は水本の若さ──行動力を、少し過小評価していた。

水本には、明日になったら、というのんびりした考えはなかった。思い立ったら、すぐにも行動したいのだ。

水本は足を止めた。

つい、無意識のうちに、捜査本部の方へと歩いて来ていたようだ。

よし。──非番といっても、どうせすることもないのだ。

水本は、目についた電話ボックスへと足を運んだ。

「まだ残ってるかな……」

と、呟《つぶや》きながら、ダイヤルを回す。

何度か呼び出し音が鳴って、諦《あきら》めかけたとき、受話器が上った。

「はい、鑑識」

「平野《ひらの》か？　水本だよ」

「何だ、どこからかけてる？」

平野は、水本とは高校からの親友同士である。鑑識にいるので、そう年中顔を合わせているわけではなかった。

「外からだよ」

「お前、非番か？」

「うん、そうなんだが……」

「じゃ、一杯やろうぜ。俺もちょうど帰ろうと思ってたところなんだ」

「いや——それが、ちょっと頼みがあるんだが」

「俺に？　借金の申し込みなら他の奴に頼むぜ」

「そうじゃないよ」

と、水本は笑って、「鑑識、誰か残ってるかい？」

「いや、もう俺が最後だ」

「そうか。悪いけどな、一つ、指紋を見てほしいんだ」

「指紋？——そりゃ簡単だけど、何の事件だ？」

「例の連続殺人さ。指紋が出てるんだろ」

「ああ。そうはっきりしちゃいないんだが、一応、照合はできる。しかし、どうしてお前が？」

「ちょっと、今は説明できないんだ。俺一人の判断でな。チェックだけしてみてもらえないか」

「じゃ、勤務外ってことだな。ＯＫ。今、手もとにあるのか？」

「いや、しかし、すぐ手に入る。少し待っててくれるか？」

「いいよ。じゃ、ここにいる。どれぐらいかかる？」

「三十分か――せいぜい三十分で行く」

「分った。その後で飲みに出る時間はあるだろうな」

と、平野は言った。

「おごるよ」

「そいつは悪いな。一時間でも待ってるぜ」

平野が笑いながら言った。

水本は電話を切った。受話器が汗で濡《ぬ》れている。つい、力が入っていたらしい。

「よし……」

と、呟く。「後は指紋のついたものを手に入れるんだ」

水本は、電話ボックスを出ると、捜査本部へ向って歩き出した。せいぜい五、六分の所まで来ていたのである。

非番でも、本部へ顔を出している者は少なくない。私服でいても別に目につくことはあるまい、と思った。

後は三木刑事の指紋が採れる物を、何か見付けることだ……。

平野は廊下に出ると、捜査本部のある部屋の方へと歩いて行った。
二、三十分も、誰もいない鑑識でボケッとしていても仕方ない。

本部には、夜も昼もない。常に刑事たちが詰めていて、夜中でも構わず電話が鳴るのだ。特に、今度のような事件では広い範囲にわたって特別警戒態勢だから、頻繁に連絡も入る。前の事件から、一週間たっているので、そろそろ危いという上層部の苛立ちもあってだろう、この二日ばかり、本部に動員される刑事の数は却《かえ》ってふえていた。

平野は、本部へ入って行ったが、別に誰も気付きもしない。

平野がここへ来たのは、熱いコーヒーが飲めるからだった。もちろん、セルフサービスのコーヒーメーカーだが、まあ飲める味だし、それにともかくタダだ！

紙コップを一つ取って、コーヒーを入れ、ブラックで飲みながら、本部の中を見回していると、ブラリとやって来たのは——。

「何だ、平野か」

「ああ、三木さん」

「君も詰めてるのか？」

三木が、自分も紙コップを取って、コーヒーを入れながら訊《き》いた。

「いえ、もう帰ろうと思ってたところです」

「そうか。本当なら僕も帰れるんだがね。今夜は特別警戒だ。——もっとも、毎日『特別』なんだけどな」

と、三木は、苦笑して見せた。「しかし、外で張ってる連中に比べたら、まだここにいる方が楽だけどね」

「いい加減に捕まらないと、うるさいですしね」

「それに、こっちが参っちまうよ」

と三木は首を振った。「君、帰るのか？　悪いけど、郵便を一つ、ポストへ放り込んでってくれないか」

「いいですよ」

三木が封筒をポケットから出した。

平野は気軽に言って、上衣《うわぎ》のポケットに入れた。「三十分くらい――もしかしたら一時間くらい後になりますけど」

「どうせ朝まで集めに来ないさ。――一時間も何してるんだ？」

「いえ、水本の奴に頼まれて……。指紋をね――」

言いかけて、平野は口をつぐんだ。

「指紋？　何の指紋だい？」

「いえ――それがよく分らないんです」

平野は曖昧《あいまい》に言った。水本は、わざわざ本部を通さずに言って来たのだ。それを、ついうっかり口に出してしまった。

「ふーん」

三木は、ちょっと笑って、「さては恋人の所に他の男の指紋でも残ってたのかな」と言った。

「そうかもしれませんね」

平野も笑って言った。「じゃ、この郵便、お預りします」

「ああ、悪いけど、帰りがけに頼むよ」

三木はそう言って、平野の肩をポンと叩《たた》くと、歩いて行った。平野はホッと息をついた。まだコーヒーは半分ほど残っていたが、そこにいるのも何だか落ちつかなくて、平野は本部を出た。紙コップは手にしたままである。

「——そうだ」

水本が来るまで、まだ時間がある。今、三木に頼まれた封筒を出しておこう、と思ったのだ。後では忘れてしまうかもしれない。

裏の通用口を出て、駐車場の方へ行く途中にポストがある。

平野は歩きながら、コーヒーを飲み切って、紙コップを手の中で握り潰《つぶ》すと、その辺に放り投げた。警察の人間としては、あまり賞《ほ》められた行為ではない。

誰かが向うからやって来る。暗くて、よく分らないが、あれは……。

「おい、平野か」

水本の声だった。

「何だ、早いな」

「どこへ行くんだ？」

平野は足を止めた。

「いや、お前、もっと遅くなるようなこと言ってたじゃないか。鑑識で一人で座ってても退屈だしと思ってさ。――もういいのか？」

水本は、ちょっとためらって、

「そんなに時間はかからないと思うよ」

と言った。

「じゃ、すぐ鑑識へ戻るよ」

平野はポケットから、三木に預った封筒を出して、「こいつを帰りがけに出しといてくれって、三木さんから頼まれたんだ。忘れるといけないから、ちょっと出して来ちまうよ」

平野が歩き出す。――三木。三木だって？

水本は、自分の聞いたことが信じられない思いだった。あれが三木の……。

「おい、待て！」

水本は、ポストに封筒を放り込もうとしている平野へ、あわてて声をかけた。「そいつを入れるな！」

平野は、もう封筒をポストの口の中へ入れかけていた。

「その封筒だ！」

水本が駆け寄って、封筒を引ったくるように取り上げた。平野は訳も分らず、目をパチクリさせるばかりだった……。


「本気なのか？」

平野は、椅子にかけて、唖然《あぜん》とした表情で、水本を見ていた。

鑑識の部屋の中である。――平野と水本の二人だけだった。

「ともかく調べてくれ」

と、水本は言った。「違ってりゃ違ってたでいいじゃないか」

「そりゃそうだが……」

平野は、机の上にのせた封筒を眺めて、「どうして三木さんが……？」

「そいつは訊かないでくれ。ともかく、これは俺一人の勘なんだ」

「それにしたって、突飛だぜ」

「分ってる。その封筒から、採れるだろ？」

「ああ。もちろん。――しかし、俺とお前のもついてるからな。どれが三木さんのか見分けなきゃ。お前の指紋を採らせろ」

「ああ。お前のは？」

「自分のは憶《おぼ》えてるぜ」

平野はニヤリとして、「しかし、こんなことが分ったら、二人ともクビだな」

と言った。

「分りゃしないさ」

「そう願うね」

と、平野は仕度をしながら、「——もし、こいつが大当りだったら、それこそ大変なことになるな」

「そうならない方が、警察の体面からはいい」

と、水本は言った。「でも、子供を殺された親にしてみりゃ、こっちの体面なんて、どうだっていいだろう」

「そりゃそうだけどな……」

平野は肩をすくめた。

「どれぐらいかかる？」

水本は真剣な顔で訊いた。

「すぐだよ。これだけきれいに出てりゃ——」

平野は言葉を切った。水本も、同時に誰かが立っているのに気付いた。

振り向く前から、それが誰なのか、分っていた。——三木が、ポケットに両手を突っ込んで、立っていたのだ。

「時間外まで仕事かい」

と、三木が言った。「ご苦労様だな。しかし、気の毒だがね、その結果は出ないよ。永久にね」

右手をポケットから出す。黒々とした拳銃《けんじゅう》が、鈍く光を放って、銃口は水本と平野の二人を、冷ややかに見つめていた。

「ゆっくり話をしようじゃないか」

と、三木は言って、ニヤリと笑った。


山崎千枝は、寝返りを打った。

どうにも寝つけないのだ。——ちっとも神経質じゃないのに、私なんか……。

苛々《いらいら》しながらそう考えていて、千枝はちょっと苦笑した。あんまり威張れた話じゃないわね。

いくら千枝がのんびり屋だといっても、病院で眠るというのは、やはり勝手が違っていた。旅行なら、どんな所ででも、車の中でも寝台車でも、家のベッドと同じに寝てしまえるのだが。

ああ、そうだわ。結婚してからはベッドで慣れてしまっているので、たまにこうして布団で寝ると、やはり少し違和感があるのかもしれない。

病室は静かだった。──父の寝息も、聞こえて来ない。

千枝が小西の病室に泊っているのは、別に病状が不安だからというわけではなかった。夫が急に出張になって──珍しいことではなかった──明日は日曜日だし、というので、一度ここに泊ってみたいと千晶が言い出したのである。

正直なところ、ホテルではないのだから、どうかとは思ったが、少し時間も遅くなっていたので、泊ることにした。付添いの家政婦などが泊ることもあるので、布団などは貸してくれるのだ。

いつになく早い時間に、千枝も床に入るはめになった。病院という所は、そういう風にできているのだ。

しかし──寝つけない。

なぜか分らないが、不安が重く、千枝の胸の上にのしかかっていた。もちろん、ここは病院だ。何が起るといっても、そんなとんでもないことがあろうとは思えない。

でも、やはり不安なのだ。

自分一人なら、笑って済ませて、キュッと目をつぶって強引に寝てしまうのだが、今は千晶がいる。千枝の傍で、こちらは不安など無縁な安らかさでスヤスヤと眠っているのだ。

さっきは――そう、本当にびっくりした。

少し神経に異常のある患者が、けがをしてここへ連れて来られていたのだが、廊下で千晶にじっと見つめられて、突然悲鳴を上げて逃げようとしたのだった。

取り押えるのに大変だったらしい。

もちろん、千晶が原因だったとは限らないのだが……。いや、しかし、おそらく千晶のせいだろうと、小西も千枝も、考えていた。あの子には、普通の人間にない、「何か」がある。

困ったもんだわ、と千枝は呟《つぶや》いた。特別な才能といっても、算数ができるとか、歌が上《う》手《ま》いとか、もっと普通に特別な（？）能力があるのならいいのだけれど。

特に千晶はまだ小さくて、自分がそういう力を持っているのを自覚していない。いや、多少は分っているのかもしれないが、それがどういう結果――反応をひき起すのか、分っていないのだ。

もちろん、八歳の子にそこまで分るように要求するのは、無理というものだが。

どうにも寝つけない。――千枝は、千晶を起さないように、そっと布団から脱《ぬ》け出した。もちろん、寝衣《ねまき》など持って来ていないので、スカートをはいたまま寝ている。しわくちゃになっちゃうな、と気にしながら、そっとベッドの方へ近寄って行った。

小西は眠っていた。千枝はホッとすると同時に、やや寂しくもなった。

少し前の父なら、こんな風におとなしく眠ってはいなかっただろう。その頑固さで、医者を手こずらせたに違いない。

もの分りが良くなった父。素直になった父。——それは、取りも直さず、老けた、ということである。

散々働いたんだから。足首に、あんなひどいけがをしてまで。もう、体を休める時期なんだわ。千枝はそう思った。

千枝は、そっとベッドから離れた。静かにドアを開けて、廊下へ出る。

給湯室へ行って、苦いお茶でも飲もう、と思った。却《かえ》って眠れなくなってしまうかもしれないが、眠いのに眠れないという、中途半端な状態よりはいい。

病院という所は、もちろん完全に眠ってしまうわけではない。姿は見えなくても、パタパタとスリッパの音がしたり、ドアを開け閉めする音もする。

千枝が、備え付けの、プラスチックの湯呑《ゆの》みにお茶をいれ、一口二口すすっていると、足音がした。

「あら」

顔を出して、千枝は意外そうに、「こんな時間に、何かありまして?」

「千枝さんでしたか。びっくりした」

三木は、あまり驚いたという様子でもなかった。「警部、具合でも?」

「いいえ。遅くなったので泊ることにしただけですわ」

「そうですか。いや、ちょっと相談があって——」

三木は、病室の方へ目をやって、「もう寝ておられますか」

と訊《き》いた。

「ええ。でも、構わないと思いますわ。起して下さいな。いらしたのに起さなかったなんて分ったら、後で却って機嫌を悪くしますから」

「分りました。じゃ、ちょっと失礼して……」

三木は歩きかけて、ふと振り向き、「お嬢ちゃんは？　おうちですか」

と訊いた。

「いいえ。一緒ですの。あの子なら、少しぐらいのことじゃ起きないと思いますから」

「そうですか」

三木は微笑んで肯《うなず》くと、病室の方へと歩いて行った。

千枝は、お茶を飲んでから戻ろうと思っていた。

あら。——三木の後ろ姿を見ていて、千枝はちょっと妙なことに気が付いた。

三木が、靴のままで上って来ているのだ。普通ならスリッパにはきかえるはずなのに……。

しかし、別にそれが大したことだとは、千枝は思っていなかった。

小西は、ドアが開いて、廊下の光が射し込んだので、目が覚めた。覚めたとはいっても、まだ半ばまどろんでいる状態である。――千枝かな。もちろん、他に誰もいないはずだ。

まだ夜中に違いないという感覚はあったし……。

明《あか》りが点《つ》いた。まぶしさに、小西は顔をしかめた。――何事だ、一体？

頭を動かすと、三木が立っているのが目に入った。

これは幻だろうか？　一瞬、小西は戸惑っていた。

「お静かに」

と、三木が言った。

これは夢でも幻でもない！　小西はベッドに起き上った。

「動かないで下さい」

と、三木は言った。

小西は、三木の手に拳銃があるのを見た。その銃口は、小西の方でなく、布団で寝ている千晶の方へ向けられている。小西は、全身の血が、すっと凍って行くような気がした。

「三木……」

「水本から、話を聞きましたよ」

三木は、低い声で言った。「真面目な男には違いありませんが、しかし、じっくり構えることを知りませんね」

小西は黙っていた。三木がこうしてやって来たということは、自ら犯人だと認めていることである。

「俺を撃って逃げるのか」

と、小西は言って、首を振った。「逃げ切れないぞ」

「分っていますとも。僕も刑事ですからね。――逃げはしません。ただ、一身上の都合で、突然ですが退職させていただきます」

三木は、いつもと少しも変りのない口調で話していた。

「どういう意味だ？」

「事情を知っているのは、警部、あなただけだ。あなたが何も言わずにいて下されば、連続殺人犯は、二度と姿を現わさずに、消えてなくなります」

「そんなことが――」

「できますとも。僕の退職を、逃亡だと思う人間はいないでしょう。水本君はさっき車で大事故を起しましてね。親しかった鑑識の平野と一緒だったんですが、二人とも助からないようです」

小西は、唇を固く結んだ。――水本の、あの若々しい身のこなしが、目の前にちらついた。早まったのだ。

あれほど、用心しろと言ったのに！

「僕は警部にはずいぶんお世話になりましたから、撃ちたくないんです」

三木は、ちょっと笑みを浮かべた。「もう引退なさる頃合ですよ」

「お前の知ったことか！」

小西は吐き捨てるように言った。「逃げる気なら、俺を殺しておけ。どこまでも追いかけてやるぞ」

「逃げはしません。辞職して、よそへ行くだけですよ。——動かないで下さい。可愛いお孫さんを殺したくないでしょう」

「その子に手を出すな！」

「お静かに。声が外へ洩《も》れると、無用な騒ぎを起しかねませんよ」

と三木が言った、そのとき、ドアが開いて、千枝が入って来た。

「お父さん、そんなに起き上って——」

千枝が言いかける。

「千枝！」

小西が鋭く言った。「外へ出ろ！」

千枝がいくら活発な女性でも、あまりに突然のことだった。

三木が素早くかがみ込んで、千晶を左手でかかえ上げる。

「——何をする！」

「静かに！」

三木は、左手で、眠そうに目をこすっている千晶を抱きかかえ、右手で拳銃《けんじゅう》を握りしめて、小西と千枝の方へ銃口を向けた。

「これは——どういうこと？」

千枝が目を見開いて、呆然《ぼうぜん》としている。「その子を——」

「一旦《いったん》お預りします。預るだけですよ。ご心配なく」

「何ですって？」

「あなたのお父さんが、僕の要求を呑《の》んで下されば、少したってから、お子さんはお返しします」

「三木。お前は——」

「警部。こちらも命がけですからね」

三木は、ガラリと打って変って、鋭い口調になった。「ドアの所からどいて下さい」

千枝は青ざめた顔で、突っ立ったまま、動かなかった。いや、動けなかったのだ。

「千枝」

と、小西が静かに言った。「こっちへ来い」

千枝が、まるで見えない糸に操られる人形のように、そろそろとベッドの方へと移動して行く。

「そのまま動かないで下さい」

三木は、ドアの方へと近付いて行った。「いいですね。僕を手配したりしようものなら、お孫さんの命は保証しません」

千晶は、まだ眠っているようだった。父親にでも抱かれているつもりなのかもしれない。

「追って来てもむだですよ」

三木が、素早くドアの外へ姿を消した。

――千枝も小西も、その場で、まるで呪いにかけられたように、動かなかった……。

# 11　再び、谷へ

「弁当を買って来たぞ」

小西は、ぼんやりと外を眺めている千枝の膝《ひざ》に、折詰の弁当をのせてやった。

千枝は、そんなことには気付きもしない様子で、今、この列車が停っている駅の名前を見ようとしていた。

「あと二時間ぐらいだ」

小西は、固い座席に腰をおろした。

「早く発車すればいいのに……」

と千枝は呟《つぶや》くように言った。

「雨になりそうだな。古傷が痛む」

小西は、自分の弁当を開けながら言った。「お茶もあるぞ。食べないのか」

千枝は、父親の方をキッとにらんで、

「よく食べられるわね。あの子がどんな目に遭ってるかも知れないっていうのに！」

と、なじるように言った。

小西が、娘を見た。——哀しげな眼差《まなざ》しだった。

千枝が、目を伏せて、そっと息をついた。

「ごめんなさい……」

と、低い声で言う。「私、つい……」

小西は手を伸ばして、娘の肩を抱いた。千枝は、少し涙のにじんだ目で、微笑んで見せた。

「あの子に何かあったら、分るわね。親子ですもの」

「そうさ。あの子はきっと無事でいる」

小西は肯《うなず》いて見せた。「今のうちに食べておけ。向うへ着いたら歓迎してくれるとは思えん」

「ええ。体力をつけておかなくちゃ」

「そうだ。一つ肘鉄《ひじてつ》でもくらわしてやるつもりでな」

二人は弁当を食べ始めた。

列車が、一つ大きく揺れて、動き出した。

「本当に、雨になりそう」

千枝が、鉛色の空へ目をやって、言った。

——ガラガラに空《す》いた車内には、ほんの数人の客が、ポツンポツンと、席を埋めているだけだった。

　ほとんどが居眠りをしていて、ただ、若い一組の男女だけが、何となく沈んだ様子で、表を眺めている。――俺たちのようだな、と、小西は考えたりしていた。

　千晶が、三木に連れ去られて、十日たつ。

　小西は、自分の力で、何とか三木を追跡しようと手を尽くしたが、結局むだに終っていた。

　三木も、長年刑事をつとめたのだ。発見されないように逃走することぐらい、容易だったろう。しかし、小西としては、千晶の命がかかっている限り、公に三木を告発することはできなかった。

　千枝は、気丈に堪えているが、本当なら、声を限りに、小西を責め立てて当然である。しかし、千枝は、ただ黙って、唇をかみしめているだけだった。

　それが、小西には、ナイフで刺されるよりも痛い。

　一体、俺は何ということをしたのだろう。――三木への疑惑が生じたとき、自分で行動すれば良かったのだ。水本のように、焦って三木に気付かれることもなかっただろう。

　自分がやらなかったばかりに、水本と、鑑識の平野、二人を死なせてしまった。

　水本と平野は、酒酔い運転の挙句の事故死ということになって、ほとんど新聞でも注目されなかった。胸を痛めたのは、小西一人だった……。

しかも、三木を取り逃し、千晶をさらわれた。――千晶が生きているのかどうか、小西にも自信はない。

三木が、千晶を、ただ、逃走の余裕を作るためだけに利用したのなら、一旦逃れてしまえば、後はもう子供は足手まといになるだけだろう。

そうなれば、どこかへ放り出して行くか、でなければ殺すか、だ。千晶は八歳である。もう、人の顔を、充分に憶《おぼ》えていられるし、警察へ電話するという知恵もある。

もし、俺が三木だったら――小西は思った――千晶を殺すだろう。

待っていてもむだだと悟ったとき、小西は、あの町へ、再び出向く決心をした。

三木はあの町へ戻ったのに違いない。小西は直感的にそう信じていた。

千枝を同行するのには、ためらいがあった。しかし、残れと言うのは、もっとむずかしいような気がしたのである。

夫の山崎の方が、むしろ千枝よりショックを受けていて、小西は彼に残ってもらうことにした。

何といっても千枝は実の娘である。生死をかけた旅には、血のつながりが、やはりふさわしい。

小西は、黙々と弁当を食べている千枝を、そっと横目で見て、ひそかに息をついた。

千枝は、落ちつきを取り戻している。――我が娘ながら、大したものだ、と小西は思った。いや、母親であることの「強さ」なのだろうか。

千晶……。おじいちゃんが、必ず助け出してやるぞ。

頭では、千晶が生きている可能性を冷静に測っていたが、祖父としての小西は、千晶の生存を信じていた。理屈を超えたところで、信じているのである。

こうして、あの町へと近付くにつれ、小西は気が楽になって来た。

どんな結果になるにせよ、それを見るときが近付いている。それは、ただ、遠くにあって苛立《いらだ》っているよりも、ずっと気楽であった。

それに、どうせ小西は生きて帰るつもりもなかったのだ。自分のせいで、水本と平野の二人を死なせ、千晶を連れ去られたとき、はっきり言って、小西は死んだのである。

千晶を再び母親の腕の中へ戻し、安全な所まで逃すこと。それだけが、小西の目的である。

もちろん、そのためには、闘わねばならない。あの町がどうなったか、今の小西には知りようもなかった……。

「――もう充分」

と、千枝は、半分ほど弁当を残して、包み直した。

「捨てて来よう」

「座席の下へ入れておけば？」

「あっちにくず入れがあったよ」

小西は立ち上った。「ついでに手も洗って来たい」

「そう。じゃ、お願い」

小西は、二つの折詰を、紐《ひも》でくくった。

ガタゴト揺れる列車の中を、小西は、時々よろけながら歩いて行った。多少は、体調が完全に回復していないせいでもあるだろうが、列車の揺れもひどいようだ。

——手を洗って、小西は、扉の所で足を止めた。

外は、深い山と谷の交替である。どこがどうつながっているのか、皆目見当もつかない。

小西は、足首の痛みに、ちょっと顔をしかめ、同時に、また中込依子のことを思い出した。

三木が、あいつらの仲間だったとしたら、あの事件もまた、解決していなかったことになるのだ。中込依子が幻想に取りつかれていたのではない。

中込依子の話が全部事実だったとするならば——いや、事実だったのだろう。

少女を次々に襲った三木。——彼が姿を消してから、事件は全く起っていない。

あれは、まともな犯罪ではない。妙な言い方だが、三木の異常さが、あの町そのものの秘密を語っている、といってもいい。

だからこそ、三木があの町へ帰った、と小西は考えたのだ。

誰かが、小西たちのいた車両から出て来た。

あの若い男女の、男の方だ。チラッと小西の方を見て、先へ歩いて行く。

あんな若い二人が、この列車で、どこへ行くのかな、と小西は思った。

少し間を置いて出て来たのは、黒っぽい服を着た男で、服は、いやに古ぼけてはいるが、礼服らしい。その下はワイシャツだけで、ノーネクタイだった。

刑事の習性で、小西は、チラッと見ただけで、その男の風態を、目に止めていた。五十近いだろう。少し粗野な感じのある男だ。

小西は、ふと緊張した。――やはり永年の勘というものだろう。

前に通った若い男は、ちょっと小西の方へ目をやって行った。しかし、今の男は、全く小西を見ようとしなかった。

気付かない、というほどぼんやりした男とは見えなかった。では――。

小西は振り向いた。あの男が、つかみかかって来る。

一瞬の差だった。振り向くのが遅かったら、背後から首を絞められていただろう。

小西は、身を沈めて、男の腹へ、頭をぶつけて行った。男がよろける。

殴りかかって来るのをよけたとたん、列車がガタン、と大きく揺れた。小西もよろけて、壁にぶつかった。

体を立て直す間に、男がナイフを握っていた。

「何してる！」

と、声が飛んで来た。

あの若者が、男の腕にかじりついた。

「放せ！」

男が振り切ろうとした。

小西は、手刀で男の首筋を打った。ウッと呻《うめ》いて、男が膝《ひざ》をつく。

小西は足で男の手首をけった。ナイフが飛んで行く。

一旦《いったん》かがみ込んでいた男が、力をこめて小西を下から押し戻して来た。もちろん、小西にも、いつもほどの力はないのだが、それにしても凄《すご》い力だった。

男が非常用のレバーへと手を伸ばし、ぐいと引っ張る。扉がパッと開いた。

「おい——」

小西が一歩踏み出したとき、もう男の姿は消えていた。

外は、岩肌が波打つ険しい斜面である。

小西は、一瞬、愕然《がくぜん》として突っ立っていたが、ふと我に返って、非常用のレバーを元に戻した。扉が閉まる。

「——急停車しないんだな」

と、若者が呆《あき》れたように言った。

「故障してるのかもしれん」

小西は、少し息を弾ませていた。「——ともかく礼を言うよ。ありがとう」

「いいえ」

と、若者は照れたように頭をかいた。

そこへ、連れの若い娘が、顔を出した。

「どうしたの？　何だか、今誰かが、外へ飛び出したみたいだったわ」

「うん。飛び下りた奴がいるんだ」

「ここから？」

娘は、小西を見た。

「この人が、襲われてたんだよ」

「あなたじゃなくて？」

と、娘が若者に訊《き》く。

「待ってくれ」

小西は遮った。「君は、何か狙われるような理由があるのかね」

「いや、僕は——」

と、若者が言いかけるのを、

「余計なことはしゃべらないで」

と、娘が抑えた。「席へ戻りましょ」

「君たち、何の旅なんだね、こんな寂しい所に」

と小西が重ねて訊くと、娘の方がうるさそうに小西をにらんだが、ちょっと小馬鹿にしたような笑いを浮かべると、

「お化け退治よ」

と言った。「あなたは？」

「私かね」

小西は、上衣《うわぎ》の左側を広げて、拳銃《けんじゅう》を見せた。「私は県警の小西警部だ」

「警察？」

「もっとも、これは個人的な旅だが」

と、小西は二人の顔を交互に眺めて、「吸血鬼退治のね」

二人がハッと息を呑《の》んだ。

「じゃ、お姉さんの消息は……」

「まるで分りません」

と、宮田信江は首を振った。

「ご心配ね」

と、千枝は言った。「私も、何とかして娘を取り戻さなくちゃ」

「そんな子供をさらうなんて！」

と、本沢が頬を紅潮させた。「卑劣だ！」

「きっと大丈夫、無事ですよ」

と、信江が言った。「私たちも、力になりますわ」

「ありがとう」

千枝は、ちょっと涙ぐんだ。

「──あと三十分だな」

と、小西は言った。「十五分で、一つ手前の駅に着く。そこで降りよう」

千枝が、父の方を見た。

「どうして？」

「誰かが俺を狙って来た。つまり、来ることを予期していたんだ。正面からのこのこ入って行くのは得策じゃない」

「そうですね」

と、本沢が肯《うなず》いた。「その町へ、気付かれずに入りたいな」

「小さな町よ。難しいわ」

と、信江は言った。

四人は、向き合った座席に集まっていた。

もう他に客はいない。——小西は、本沢と宮田信江の話を、聞いていたのだった。同じ目的で戦う者がいる。しかも二人とも若い。小西にとっては、大きな力だった。

「私に考えがある」

と、小西は言った。「降りた駅の近くで、できるだけ食べる物を買い込もう。もちろん先は急ぐが、町へ着くのは夕方になる。それでは、向うの思う壺《つぼ》だろう。夜はどこかで過して、夜が明けてから、行動に移る」

「どうするんですか？」

「まず、谷へ行く」

「谷へ？」

信江が目を見張った。「どうして、あんな所へ？」

「町がどうなっているにせよ、ごく普通の人も通る。三木も、しばらくは人目を避けていると思う。犯罪者というのは、発覚していないと思っても隠れるものだ。それには、谷が一番いい」

「そうですね」

信江は肯いて、「でも、場所は分るんですか？」

「見当はつく。——この話をしてくれた若い女性の言葉からね。もう彼女は死んでしまったが……」

小西は、ちょっと間を置いて、言った。「彼女のためにも、私は闘わねばならないんだよ」

# 12 患者

「やめて！　みんな、人を殺そうとしてるのよ！」

その叫び声が耳もとで響き渡ったような気がして、金山《かなやま》医師は、ハッと起き上った。

――カーテンを通して、白い光が射し込んでいる。

「夢か……」

金山医師は、ホッと息をついた。ショックには慣れることがあっても、恐怖は、いつまでも生々しいものだ。

あの若い女教師の、命をも賭《か》けたような叫び声は、今でも金山医師の耳の中に残っていた。若い女教師――中込依子の。

そう。結局、彼女は正しかったのかもしれない、と金山医師は思った。

総《すべ》てを、この町の中で片付けてしまおうとしたのが、間違いだったのだ。もしあのとき、中込依子に真相を打ち明け、事を公にしていたら……？

誰も信じなかったかもしれない。この文明の時代に、吸血鬼の話など、一体誰が……。

いや、そうとも限らない。今のマスコミという奴は、至って貪欲《どんよく》である。正に、あの連中のように。

世間に彼らのことが知れたら、彼らだって、どこかへ再び身を隠すしかないかもしれなかったのだ。——判断を誤ったのだ、我々は。彼らのことを、見くびっていた。

「もう手遅れだな」

と、金山は呟《つぶや》いた。

それから、ゆっくりと起き上る。腰が痛むのはいつものことだが、いやに布団が固いな、と思った。畳の上に出したつもりの足が、ストンと下へ落ちて、

「ワッ！」

と、思わず声を上げてしまっていた。

何てことだ……。また、診察台の上で眠ってしまったのか。

やれやれ、と金山はため息をついた。——俺もガタが来たもんだ、全く。

もう何時になったんだろう？　あの窓の明るさからすると、そろそろ起き出して、病院を開ける仕度をしなくてはなるまい。

何十年も、ほとんど毎日を過して来た診察室である。どこに何があるか、いくら老いぼれた記憶力でも、間違えはしない。

大して広くもなく、寒々とした診察室を横切ると、金山はカーテンを開けた。視界が真白になって、金山は、思わず目をつぶった。

光の明るさが、辛《つら》くなって来る。

「冗談じゃないぞ」

と、金山は吐き捨てるように呟いた。

俺はあんな連中とは違う。別に陽の光がいやなんじゃない。ただ、目が慣れないだけの話だ。──そうだとも。

頭がひどく重い。ゆうべの安酒が、まだ大分、かすかになって頭に淀《よど》んでいる感じだ。もう六十もいい加減過ぎているのに、毎晩ああして飲んでいては、体にいいわけがない。

まあ、今さら体のことを心配しても始まるまいが。

それよりは一夜の眠りの方が、今の金山には、ずっとありがたいのだ。

「──おはようございます」

突然、後ろで声がして、金山はびっくりして振り返った。

「お前か。足音も立てずに入って来るのは、コソ泥だぞ」

金山は不機嫌な声を出した。

「先生の耳が遠くなっただけですわ」

看護婦の糸川繁子《いとかわしげこ》は、金山の言葉など、一向に応《こた》えた様子もなく、笑いながら言った。

「今、何時だ」

金山は訊《き》いた。

「九時少し前です。二日酔を覚ますのに一時間はかかりそうですね」

「大きなお世話だ」

金山は、欠伸《あくび》をして、無精ひげの伸びた、ざらつく顎《あご》を手でさすった。

「顔を洗ってらして下さいな」

と、糸川繁子は言って、他の窓のカーテンも開けて行った。

そして、ちょっと手を休めて振り向くと、

「その間に、何か食べるものを作っておきますわ」

「食いたくない」

金山は、そう言い捨てて、診察室を出ると、薄暗い廊下を、奥の方へと歩いて行った。

洗面所の明りを点《つ》けると、正面の汚れた鏡に、自分の、ひからびた顔が映った。――鏡が汚れているのか、それとも顔の方が汚れているのか、金山自身にも、よく分らなかった……。

糸川繁子が、台所で何やらやっている音が聞こえて来た。――食いたくない、か。

フン、と金山は自分をせせら笑った。そう言いながら、結局いつも食っているのは誰なんだ？

金山は、蛇口をひねると、思い切り強く水を出し、顔を洗った。

――糸川繁子は、ありあわせのもので、簡単に仕度をして、茶の間で待っていた。

金山はドカッと座って、黙って食べ始めた。糸川繁子は、別に皮肉一つ言うでもなく、ちょっと冷ややかな表情で、黙って座っていた。

糸川繁子は、まだ三十そこそこである。金山が独り暮しであってみれば、こうして、朝食の仕度ぐらいするようになるのも、当然の成り行きだった。

色白で、少し小太りな、肉感的な女だった。唇が分厚く、あまり気はきかないが、どうせ重病というほどの患者はやって来ないのだ。いや、重病といえば、この町の人間、みんながそうなのかもしれない。

もっとも、それは、金山如きで、治療できるほどの病気ではなかった。――みんなが病気なら、むしろ健康な人間の方が、「健康」という名の病気にかかっているということになるのかもしれない。

「――今日の診療は、午前中で終りにしましょう」

と、糸川繁子が言った。

「どうしてだ？」

金山は、食べる手を休めて、言った。「俺はどうせ暇だ。午後だって、どこへ出かけるでもない」

「往診があります」

「往診だと？」

金山は眉《まゆ》を寄せた。それから、フン、と唇を歪《ゆが》めて笑った。

「お前の仲間が、貧血ででも倒れたのか」

「違いますよ」

と、糸川繁子は、ちょっと人を小馬鹿にしたような顔で、「でも、〈谷〉へ来てくれと言われてます」

と言った。

「谷へ？」

金山は真顔になった。「谷にどんな病人がいるんだ？」

「私は知りません」

と、首を振って、「ただ、多江《たえ》様からそう言われただけです」

「多江か……」

栗原《くりはら》多江。——中込依子が、町の人間たちから守ってやろうとして必死になった、その当の多江が、結局、中込依子を死へ追いやり、今はこの町の——そう、「姫君」のような存在だった。

あの小娘が！

「言われた通りになさった方が——」

「分ってるよ」

急に食欲を失って、金山は、はしを置いた。「この年寄りに、谷まで行けってのは、残酷な話だ」

「先生は充分にお元気ですよ」

糸川繁子は、ちょっと笑った。

金山は、胸がむかつくような不快感を覚えて、立ち上った。

「じゃ、仕度をしよう」

診察室の方へ歩いて行きながら、金山は背後にその気配を感じていた。鼓動が早まる。

――馬鹿め！　いい加減にしろ！

お前はどこまで堕《お》ちる気なんだ……。

自分をそう叱りつけても、何の効果もなかった。心の底では分っているのだ。自分の弱さを。

「――先生」

と、糸川繁子の、低い囁《ささや》き声が追いかけて来る。

うっかりすれば聞き落してしまいそうな声なのに、金山の耳は、その声を、飛びつくように、聞き取っていた。

足を止めて、振り向くと、予期した通りのものが、そこにあった。――服を脱ぎ捨てた糸川繁子の体が。

「まだ時間はありますよ」

と、糸川繁子が、ゆっくりと畳の上に横たわる。

そうだ。時間はある。——この老人をも、この肌にのめり込ませるに充分な時間が。

自分への、吐き気がしそうな嫌悪感を、避けようともせずに、全身で受け止めながら、金山は、糸川繁子の方へ、足を運んで行った……。


谷への道は、いやに長かった。

「少し休もう」

と、金山は息をついて、言った。

「遅れますよ」

糸川繁子は、いい顔をしなかった。「多江様が苛々《いらいら》されてますよ、きっと」

「途中で倒れるより良かろう」

金山は、手近な石に腰をおろした。「ほんの五、六分だ」

「分りました」

と、糸川繁子は諦《あきら》めたように肩をすくめた。「今朝、大分頑張って下さったから、勘弁してあげますわ」

「お前に許してもらわんでもいい」

金山は、ぶっきら棒に言った。

タバコを取り出して、火をつける。――しばらくはやめていたのだが。今さら体にいいの悪いのと心配しても仕方ない。

――あの場所の近くに来ていた。

栗原多江をリンチにかけようとした、あの場所に、だ。中込依子が、

「やめて！　みんな、人を殺そうとしてるのよ！」

と叫んだ場所……。

あの娘も死んでしまった。――可哀そうなことをしたものだ。

彼女を守るために、俺は何一つできなかった、と金山は思った。もちろん、彼女はここで死んだわけではないのだから、金山にはどうすることもできなかったのだが。

――よく晴れた日だった。

快適な気候なのに、一向に心は弾まない。いっそ、重苦しい鉛色の空だったら、と金山は思いながら、ゆっくりと、周囲に頭をめぐらした。

木立ちの間から、一つの顔が覗《のぞ》いていた。――一瞬、金山はギクリとした。中込依子の幽霊でも出たのかと思ったのだ。

それは、しかし、少なくとも若い女性であるという点、中込依子と似ていなくもなかった。

見知らぬ顔だ。——疲れ切ったように、力なく、木にもたれかかっている。

その女が、何か言いかけた。金山は、反射的に口に指を当て、黙って、という身振りをした。

向うも分ったらしい。口をキュッと閉じた。

「——先生」

と、糸川繁子がやって来て言った。「もう行きましょう」

「うるさい奴だな」

金山は、タバコを投げ捨てた。

「ちゃんと火を消して下さい。山火事は怖いですよ」

「大丈夫さ。どうせ、帰りにもここを通るんだ」

そう言って、金山はチラリとあの女の方を見た。あの女に、聞かせたかったのだ。

「だめですよ」

と、糸川繁子は、タバコを靴でもみ消した。「さあ、先生——」

あの女は、木の陰に完全には隠れていなかった。ちょっとでも、糸川繁子がそっちへ目を向ければ、すぐに目につく。

金山は、手で糸川繁子の尻《しり》をなでた。

「先生！　そんなことしてるときじゃないでしょ！」

「分ったよ。ともかく行こう」

——うまく行った。

糸川繁子の注意をそらしたのだ。

今の、金山の言葉を、あの女が耳にしていたら、おそらく金山が戻るまで、ここで待っているだろう。

何者かは分らないが、しかし、少なくともこの町の住人でも、谷の住人でもないことは確かなようだ。

帰りには、何とかして、糸川繁子と別々になるようにしなくてはならない。

金山は、どうしたものか、と考えながら、谷への道を辿《たど》って行った。

「——やあ、先生」

突然、頭の上から声がして、金山はギョッとした。見上げると、高い岩の上から、三木刑事が、金山たちを見下ろしている。

「あんたか」

金山には意外だった。「いつ、戻ったんだ？　見かけんな」

「事情があって、谷にいるんでね」

三木が、身軽に岩から飛び下りて来る。

「谷に？　じゃ、あんたが具合でも悪いのかね」

と、金山は訊《き》いた。

「いや」

三木は首を振った。「診てほしいのは子供だ」

「子供？」

金山の声が、少し緊張した。「どこの子供だね？」

「さあ、行こう、先生」

と、三木は、答えずに歩き出した。

金山は、三木について歩きながら、

「どこの子だ？」

と、もう一度訊いた。

「この町の子じゃないんだ」

三木が、ちょっと肩をすくめて、言った。

「すると――さらって来たのか！」

金山の言葉に、三木は愉快そうな笑い声を上げた。

「人さらい、か。――古いね、先生も。まあ、言い方によっちゃ、そうも言えるかな」

「何てことを……」

金山は首を振った。しかし、何を言ったところで、この連中にはむだでしかない。

「年齢《とし》は八つだと思う。ちょっと昨日から熱があるんだ。風邪だと思うがね。診てやってくれ」

「ああ」

金山は肯《うなず》いた。「——どういう子供なんだ？」

三木は、チラッと冷ややかな目を金山の方へ向けた。

「余計なことは訊くなよ、先生」

金山は、それ以上、口を開かなかった。

しかし、三木のように、刑事の職にあった人間が、谷に身を潜めているというのは、ただごとではない。仕事で、あるいは休暇で来ているのなら、町にいるはずである。それが、町には一切姿を見せていない。

何かあったのだ。三木が刑事の職に就いていられなくなったのではないか。谷に身を潜めているというのは、それしか考えられない。すると子供を誘拐して来たというのは、何のためだろう？

金山は、考え込んでいる様子を、三木や糸川繁子に気付かれまいとして、

「そう早く歩くな。こっちは若くないんだぞ……」

と、ブツブツ文句を言っていた。

「これ以上ゆっくり歩いたら、こっちがくたびれちまうよ」

と、三木が、からかうように言った。

そう苛立《いらだ》っている様子もない。金山は、

「谷なんかにいないで、町にいりゃいいじゃないか」

と言ってみた。

「ちょっと厄介なことがあるんだよ」

三木はニヤリと笑った。「分ってるだろうけど、先生、俺に会ったことは、帰ったらすぐに忘れるんだね」

金山は、

「憶《おぼ》えていたくても、年を取ると忘れっぽくなるからね」

と言い返した。

「――さあ、着いた」

と、三木が言った。

〈谷〉を見下ろす高台に、三人は立っているのだった。

# 13　暑い部屋

谷を、金山が前に訪れてから、どれくらいたつだろうか？

もう、金山には、はっきりと思い出すこともできない。しかし、遠い記憶の中と、今、明るい陽射しの中に眠る谷とは、奇妙なほどそっくり同じに見えた。

いや、谷へ向って道を下って行く金山には、それが現実の谷ではなく、自分の悪夢の中へと下って行くような気がしてならなかったのである。

古びた六軒の家屋。かつて、この中に、じっと息を潜めて暮していた「彼ら」は、今では堂々と町を歩いている。いや、彼ら以外の人々が、怯《おび》えながら生活しなくてはならなくなったのだ。

それから何年たっただろう？——金山には、何百年のようにも思えた。そして、ほんの何日かのようにも……。

ともかく、谷は少しも変っていなかった。まるで、ここでは時間が停止しているかのように……。

一軒の家の玄関から、若い女が出て来た。

「待ってたわ」

と、栗原多江は言った。「今日《こんにち》は、先生」

「あんたもいたのかね」

金山は、意外の感に打たれた。

三木だけでなく、栗原多江も谷に来ているとなると、これはよほどのことだ。

「どうだい、あの女の子は」

と、三木が訊く。

「相変らずだわ。熱が高いの」

「診よう」

金山は、糸川繁子の方へ肯いて見せた。「さあ、案内してくれ」

多江は、ちょっとためらって、

「三木さんあなた、先生を案内してよ」

と言った。

「いいよ。――どうかしたのか？」

「いいえ、別に」

多江は首を振った。「ただ――中の空気が悪いのよ。気分が悪くなりそうだから出て来たの」

「そうか。君を残しといて悪かったな」

「いいのよ」

多江は、ちょっと不安げに、よく晴れた空を見上げた。「少し曇ってくれりゃいいのに！」

多江が、陽の光をまぶしがるのを耳にしたのは、金山にとって初めてのことだ。

それにも、金山は奇妙な印象を受けた。

彼らは、映画に出て来る吸血鬼のように、陽の光を浴びて灰になるほど、脆《もろ》い連中ではない。ただ、あまり陽射しの強いときは、外へ出たがらないのだが。

それにしても、今はそう陽射しの強い時期ではないのに、多江はちょっと辛《つら》そうに見えた。──なぜだろう？

何かが起っている。金山はそう感じた。

何かが、変りつつあるのだ。

「じゃ、先生、中へ」

と、三木が先に立って、家の中へ入って行く。

金山と、往診鞄《かばん》を持った糸川繁子がそれに続く。

家の中は、薄暗い。外から見れば完全な廃屋で、雨戸なども閉めたままなのだから、当然のことだ。

「こんな所に病人を寝かしといちゃ、治るわけがない」

と、金山は上りながら言った。

埃《ほこり》くさい空気と、湿り気。——健康な大人だって、こんな所にいては病気になりそうだ、と金山は思った。

「どこにいるんだ、病人は？」

と、金山は言った。

今、金山は医者という立場に戻っている。三木に対する、無意識の恐怖心も消えつつあった。

「奥だよ」

ほの暗い廊下を歩いて行くと、床がきしんだ。

「踏み抜きそうですね」

と、糸川繁子が冗談めかして言ったが、その声には、どこか余裕がなかった。

「——ここだ」

三木は、廊下の突き当りの、破れかかった襖《ふすま》を開けた。そして、顔をしかめると、

「やあ、こりゃひどい！」

と、声を上げる。「どうしてここだけこんなに空気が悪いんだ？」

「おい、そこに立ってちゃ入れん」

金山は、腹立たしげに言った。「そのひどい空気の中で熱を出してる子供のことを考えろ」

「分ったよ」

三木は、わきへどいた。「さあ、入ってくれ」

金山は、どんなにムッとする、いやな匂いが襲いかかって来るかと、覚悟を決めて、その部屋へ足を踏み入れた。そして——愕然《がくぜん》とした。

部屋には窓がなく、裸電球が一つ、弱々しい光を放っている。——ここには電気が来ていないはずだから、たぶん、小型の発電機でも使っているのだろう。

六畳ほどの畳の部屋で、畳はすっかり変色し、相当いたんでいる。その真ん中に、布団が敷かれて、八歳ぐらいの女の子が横になっていた。

頭にタオルがのせてあり、傍には、古ぼけた洗面器。——まるで、何十年か前の光景だった。

その女の子は、眠っているようだった。目を閉じて、少し口を開いたまま、早い息づかいをしている。

しかし、金山が愕然としたのは、実はその光景ではなかったのだ。

金山は、ハッと我に返り、女の子の傍に、急いで座り込んだ。もう乾いてしまったタオルを取って、女の子の額に手を当ててみる。

熱は高い。おそらく三十九度を越えていよう。

「おい、鞄だ」

と、金山は、女の子の方を向いたまま言ったが、返事がないので、振り返った。「――おい、何をしてるんだ?」

糸川繁子は、部屋の入口に立って、鞄を持ったまま、入って来ようとしなかった。

「おい、どうした?」

と、金山がくり返すと、

「気分が悪くて――」

と、糸川繁子は顔を歪《ゆが》めた。「先生、よく入っていられますね」

「何だと? おい、ここは――」

「今行きます」

糸川繁子は、渋々という様子で、ハンカチを出して口に当てると、部屋の中へ入って来た。――金山は、ちょっと呆気《あっけ》に取られていた。どういうことだ?

鞄を置くと、糸川繁子は、

「ひどい暑さ!」

と首を振った。

実際、彼女の額に、じわっと汗がにじみ出て来た。

金山は、鞄の中から、体温計を取り出した。女の子のわきの下へ挟む。服の前を開け、わきの下へ体温計を入れても、女の子は目を覚ます気配がなかった。金山は、女の子の脈を取った。

熱があるのだから、当然早いが、しかし、弱々しくはない。充分に強く打っている。

聴診器を出して、

「風邪だろうな。熱もあるし、たぶん、喉《のど》が赤くなって――」

と言いかけると、

「先生、ちょっと気分が悪いんです」

と、糸川繁子が、口を押えたまま、立ち上った。

「そうか。じゃ、外へ出ていろ。こっちは一人で充分だ」

「はい」

糸川繁子は、正に、逃げるように、部屋を出て行ってしまった。さっきまでそとに立っていた三木の姿も、いつの間にか見えない。

これはどういうことなんだ？　金山は、頭を激しく振った。

俺がおかしくなったのだろうか？

いや、そうじゃない！　いくらぼけて来ても、感覚までがおかしくなるところまでは来ていないはずだ！

──金山が、この部屋へ入って、愕然としたのは、三木が言ったように、「いやな匂いがして、暑かった」からではなかった。

逆だったのだ。──つまり、ここだけは、空気が爽《さわ》やかで、何の匂いもなく、涼しかったのである。

それなのに、三木も糸川繁子も、そして、あの多江さえもが、ここにはいられなかった……。

なぜだ？　金山には分らなかった。この部屋に、何か彼らを追い立てるものがあるのだろうか？

いや、それはおかしい。もともと、ここは彼らの住んでいた家である。そこが彼らを拒むはずがない。

では……。

金山は、目の前に横たわっている女の子を見下ろした。──この子か？　この女の子が、彼らを遠ざけたのか？

「まさか！」

金山は、思わず呟《つぶや》いた。

しかし──それ以外に、どう考えることができようか。

「そうだ。──体温計を」

金山は、医師に立ち戻って、女の子のわきの下から、体温計を抜いた。四十度までは行っていないが、それに近い高熱である。

金山は、ざっと診察して、ただの風邪だろうと思った。おそらく、一日か二日で、この熱も下るだろう。

しかし、この女の子は、一体何者なのだろう？　なぜ、彼らを追い立てる力を持っているのか。それとも、全くの見当外れだろうか？

もし——万一、この子に、そんな力が具《そな》わっているとしたら……。

金山は、三木がなぜこの女の子を連れて来たのかは分らなかったが、少なくとも三木はこの女の子の力に気付いていない、と思った。

多江も三木も、ただ、この部屋の空気が悪いだけだと思っていたのだ。しかし、逆に、この子は、この部屋の空気を浄《きよ》めている。

金山の心臓は久々に血に溢《あふ》れて高鳴った。——もしかすると、これはあの町を救う、光明となるかもしれない。

そのためにも、この女の子の力を、三木や多江に、絶対に知られてはならない、と金山は思った。知れば、奴らはためらうことなく、この女の子を殺してしまうだろうから。

「おじさん、だあれ？」

突然、声がして、金山は、危うく声を立てるところだった。

少女が、目を開いている。

「――お医者さん？」

「そう。そうだよ」

金山は、ちょっと廊下の方を振り返った。三木たちが戻って来る気配はない。

「気分はどう？」

「――暑い」

と、女の子は、けだるい声で言った。

「うん。熱があるんだ。でも大丈夫。ちゃんとお薬をあげる」

金山は、そっと女の子の方へかがんで、

「君の名前は？」

と言った。

女の子は、トロンとした目で金山を見て、ちょっと面倒くさそうに、

「山崎――千晶」

と言った。「千に水晶の晶よ」

「千晶ちゃんか。きれいな名前だな」

「ママが千枝っていうの」

女の子は、ちょっと笑顔を見せたが、すぐに、顔は歪んだ。「ママ……どうしたかなあ

「……」

「ママはどこにいるの？」

「おうち」

「どこの？」

千晶は、ちょっと首を左右に振った。

「どうして——ここへ来たのか、憶《おぼ》えてる？」

と、金山は訊《き》いた。

「自動車で」

「三木って人の、かい？」

千晶は、ふっと息をついて、

「あの人、嫌いだ」

と言った。

「君を、無理に連れて来たんだね？」

「おじいちゃんがね、助けに来てくれる」

と、千晶は、少し元気が出た様子で、言った。

「おじいちゃんか」

「偉いんだもん。警部なんだから」

「——警察の？」

「小西警部っていうんだよ。知らない？」

小西。——金山は、その名前に聞き憶えがあった。

そうだ。中込依子の事件のとき、県警からやって来たのが、確か小西という警部だった。

では——その小西の孫なのか。

「あの三木って人は、君のおじいちゃんの部下だったんだろ？」

と金山は訊いた。

「うん。でも、人を殺したんだよ」

「殺した？」

「血がついてるんだもの。千晶、見えるの」

と、ちょっと得意げに言った。

「そうか。——でも、そのことは、黙ってた方がいいよ」

「うん、知ってる。嫌いだから、口きかないんだもん」

「それがいい」

と、金山は微笑んだ。

少しずつ事情が分って来た。三木は、小西警部の部下だった。しかし、正体が知れて、三木は逃亡するはめになり、そのとき、この子をさらって来たらしい。

それなら、三木や多江がこの子のことを気にしているのも分るというものだ。この女の子は、いわば、三木を守るための人質なのだ。

「よし」

と、金山は言った。「おじちゃんも、君を助けるのに力を貸すぞ。おじいちゃんの所へ帰れるようにね」

「本当？」

千晶が目を輝かせた。それから、ふっと廊下の方へ目をやって、

「あの人が来るよ」

と言った。

ハッと振り向いた金山は、少しして玄関を上って来る足音を聞いた。

この子は、やはり、彼らに対して、何か特別に鋭い感覚を持っているのだ。

「いいかい」

金山は、千晶の方へ顔を寄せて、低い声で言った。「じっと眠ってるふりをしなさい。そのうち、本当に眠っちゃうから、いいね。決して目を開けないで」

「うん」

千晶は素直に目を閉じた。

「——どうだい？」

廊下から、三木の声がした。

金山は、立ち上ると、わざと少し大げさに息をついて、

「外へ出よう。暑くてたまらん」

と、三木を押しやった。

表に出ると、金山はハンカチで、出てもいない汗を拭《ぬぐ》うふりをした。

「やれやれ、息が詰まりそうだ」

と、深呼吸して、「他の二人はどうした？」

と、訊いた。

「隣の家にいる」

と、三木は顎《あご》をしゃくって、「どうなんだ、あの子は？」

「熱が高い」

「それぐらい分ってる」

と、三木が苛々《いらいら》したように、言った。

「分ってるだと？」

金山は、三木に向って、かみつきそうな声を出した。「分ってて、あんなひどい所へ寝かしていたのか！　あんな所で、病気が治ると思うのか！」

三木も、ちょっとたじろいだ。

「それは——仕方がなかったんだ」

「ともかく、病院へあの子を運ぼう」

と、金山は言った。

「それはだめだ！」

三木が即座に言った。「あの子はここから動かさん」

「それなら、命は保証できん」

二人のやりとりが耳に入ったのか、隣の家から、多江と糸川繁子が出て来た。

「——どうなの？」

多江が金山に訊いた。

「今のところは、ただの風邪だ。しかし、熱が四十度もある。この状態が続けば、肺炎を起して、死ぬかもしれん」

「それを何とかしろ！　医者だろう」

と、三木がやり返す。

「こんな所じゃ、いつも容態を見ているわけにもいかん。病院へ運んで治療しなくては、危険だ」

多江と三木は顔を見合わせた。

「——あんたたちが決めてくれ」

金山は、わざと、どうでもいいような調子で言った。「その代り、死んだって、こっちのせいにしないでくれよ」

金山は、少し、その辺をぶらつきながら、欠伸《あくび》をした。

三木と多江は、低い声で話し合っている。——どういう結論になるか、金山にも予測できなかった。

三木としては、町へあの子をやってしまうのは、我が身を危険にさらすことになる。しかし、千晶に死なれては、もっと困るわけである。

金山は、この賭《か》けがまずうまく行くかどうか、祈るような思いで、歩き回っていた。せいぜい二、三分の時間だったろうが、ずいぶん長く感じられた。

「——金山さん」

多江の方から、声をかけて来た。

「どうするね？」

「いいわ」

と、多江は肯《うなず》いた。「あの子、あなたの所へ運んでちょうだい」

「分った」

金山は、ちょっと肩をすくめた。「しかし、何しろこっちは老人だ。八つの子を背負って町まで戻るのかね」

「俺が運ぶよ」

三木が、渋々という顔で言った。

「そいつは助かるね」

金山は、のんびりした調子で、「じゃ、私は先に病院へ戻って、仕度をしておくことにしよう」

「私はどうします？」

と、糸川繁子は言った。

「入院の用意は一人でできる。——お前は女の子に付き添って来い」

「分りました」

「鞄《かばん》を取って来てくれ」

と金山が言うと、糸川繁子は、顔をしかめた。

「あの部屋から、ですか？」

「分ったよ。自分で取って来る」

こうなると見越していたのだ。金山は、いやいや行くんだ、という顔で、家の中へ戻った。

——奥の部屋へ入ると、千晶が目を開いた。

「おじちゃんだって分ってた」

「そうか。――偉いぞ。いいか、よく聞くんだ。看護婦も、あいつらの仲間だ。悪い奴なんだ。君を病院まで運んで行くが、口をきくんじゃないぞ」

「うん」

千晶は肯いた。「千晶、眠ってるから、いいよ……」

そして目を閉じた。


町へ急ぐ金山の足取りは軽かった。

まるで、一度に五、六年も若返ったかのようだ。

もちろん、過大の期待は禁物だ。しかし、あの女の子が、この町にある変化を起す可能性があることは確かである。それだけでも、この町にとっては大したことなのだ。

ゼロから1になるのは、たった1しか違わなくても、決定的な違いなのである。

孫を追って、小西という警部もやって来るかもしれない。――考えてみれば、ここへ逃げて来たことで、三木は、この町を危機――彼らにとっての、だが――に陥れることになったのだ。

しかも、安全のため、と思って誘拐して来た八歳の女の子そのものが、彼らにとって一番危険かもしれないのだから、皮肉なものである。

「待って！」

突然声がして、金山は飛び上るほどびっくりした。

振り向くと、木立ちの間から、若い女が姿を見せた。

そうだった！——谷へ向うとき、見かけた娘だ。谷での出来事のせいで、すっかり忘れてしまっていた。

「君は——誰だね？」

と、金山は言った。

「金山先生……ですね」

「そうだが」

金山は当惑した。

「宮田尚美です」

「宮田？」

金山は、じっと、娘の顔を見つめた。「——そうか。宮田の娘……。妹がいたね」

「はい」

宮田尚美は、ひどく疲れて見えた。

「お母さんが亡くなったのは、ついこの前だったが……。君は来てたかな」

「いいえ」

と、宮田尚美は首を振った。「遅れたんです。母の葬儀に間に合わず……。でも——私、母を見たんです！」

「何だって？」

と、金山は訊《き》き返して、びっくりした。

宮田尚美が、よろけて倒れそうになったのである。

「しっかりしろ！」

金山は、尚美の体を支えた。

「すみません……。ずっと山の中をさまよっていて……」

尚美は、弱々しく呟《つぶや》いた。

まずいな、と金山は思った。ぐずぐずしていると、三木たちが追いついて来る。

「お母さんに会ったのか。——亡くなった後で」

「そうです」

尚美は肯いた。「——母は、どうなったんでしょう？」

「奴らにやられたんだ」

「奴ら？」

「吸血鬼だ」

「やっぱり……」

と、尚美は力なく肯いた。「友だちも、一人、行方が知れないんです。その子を捜してるうちに、山の中で道に迷ってしまって――」

「そうか。ともかく、今は、奴らがここを通るから、隠れていた方がいい」

と、金山は、尚美を、傍の岩の陰へ連れて行った。「病院は知ってるな?」

「はい……」

「ここを連中が通り過ぎて、しばらくしたら、病院の裏手においで。夕方がいい。陽の沈み切らないうちに」

「分りました」

宮田尚美は、素直に肯いた。

「じゃ、ここでじっとしているんだ。――いいね」

「はい」

「心配することはない。奴らの天下も、いつまでも続かないよ」

金山は、暖かい手で、尚美の肩を軽く叩《たた》くと、町に向って、再び急いだ。

――残った尚美は、疲れ切ってはいたものの、金山に会えたことで、やっと気分も少し晴れていた。

もちろん、行方の分らない尾形洋子のことも心配だったが、差し当りは、自分の身を心配しなくてはならないのである。

金山の所へ行けば――何か手がかりもあるだろう。それに……そう、食べるものも……。

正直なところ、尚美の疲労には、林の中をさまよい歩いて何も食べていないという理由も大きかった。

もう少しの辛抱だわ。もう少し。

――ホッとしたせいか、その岩陰で、尚美は眠り込んでしまった。

三木や多江、それに糸川繁子が、幼い子を背にして通り過ぎて行くのにも、気付かなかった。

そして「陽の沈み切らないうちに」という、金山の言葉は、尚美の疲労には、とてもかなわなかった。

夜の帳《とばり》が、宮田尚美の深い眠りを、押し包み始めた……。

# 14 失意

母さん……。

行ってしまわないで。そんなに哀しそうな顔でこっちを見ないで。

ああ、母さん！　死んでしまったのなら、なぜ灰の中の骨片になって、眠ってくれなかったの！　なぜ、そんな風にさまよっているの？

母さん……。

宮田尚美は、半ばまどろみ、半ば目覚めながら、呟いていた。

いや、声になっているのかどうか、自分でも分らない。ただ、自らの頭の中では、はっきりと叫んでいたのだ。

そこには母がいた。あの、白装束で、長く髪を垂らした母が。哀しげな表情で、じっと尚美を見つめているのだった……。

母さん……。私に何の用なの？　どうしろっていうの？

尚美は、言いようもない焦りに胸をこがしながら、母の方へとにじり寄ろうとする。

母は、すぐそこにいる。――もう、吐く息もかかろうかというくらいの所に。

母さん——。

尚美が手を伸ばすと、その手は、母の体をスッと突き抜けて、向う側の虚空を、空しくつかんだ。

キャーッ！

そう声を上げたのかどうか。尚美自身も、目覚めて、しかとは分らなかった。

ここは……。どこだろう？

木の幹にもたれて眠っていたのだ。木の幹に……。そう、金山医師に出会って、病院へ来るように言われた。あれは、夢ではなかった。

ハッとして、周囲を見回す。

もう、すっかり夜になっていた。完全な闇でないのは、月明りのおかげで、夜も相当にふけているようだ。

尚美は、「陽の沈み切らないうちに」来いという金山の言葉を思い出した。

そうだった。時間の過ぎるのを待っているうちに眠ってしまったのだ。

どうしようか？

尚美は迷った。夜の森の中を抜けて行くのは恐ろしい気がした。

何かに取り囲まれているような、あの気配——あの恐怖は、二度と体験したくなかった。

しかし、今は、行くべき場所がはっきりしている。それも、町へ向って行くのだから、これまでとは違う。

金山も心配しているだろうし、それに——正直なところ、死ぬほどお腹が空《す》いていた。疲れ切ってもいたのである。

行こう、と尚美は決心した。ここでじっとしていても、また一日、時間を失うだけのことだ。

立ち上ると、変な格好で眠っていたせいか、少し腰や足が痛んだ。でも、歩けないというほどでもない。

尚美は、ゆっくりと歩き出した。町への道は、よく分っている。いくら長く離れていたといっても、かつて住んでいた所である。月明りが充分なら、迷うことはない。

少し歩くうちに、腰や足の痛みもおさまって、尚美は足取りを早めた。町まで、記憶では、そう大した道のりではなかったはずだ……。

「——尚美」

いきなり声をかけられて、尚美は、

「キャーッ！」

と、悲鳴を上げて、飛び上ってしまった。

「ごめん！　びっくりさせるつもりじゃなかったんだ」

懐しい声が聞こえた。振り向いて、尚美は思わず、ヘナヘナとその場に座り込んでしまった。

「洋子ったら！」

そう。それは、行方が分らなくなっていた尾形洋子だったのだ。

「しっかりしてよ。大丈夫？」

と、洋子は心配そうにかがみ込んで言った。

「大丈夫、もないもんだわ！」

尚美は、泣き笑いの声で、「じゃ、何ともなかったのね！」

「ごめんね。道に迷っちゃったのよ。だって、尚美、どんどん先に歩いて行っちゃうんだもの」

と、洋子は言った。「ちょっと、何だか足音みたいなものが聞こえて、足を止めてたら、あなた、もう見えなくなっちゃったのよ」

「大声で呼べばいいのに！」

尚美は、やっと気を取り直して、立ち上った。「でも良かった！　私、てっきり、あなたがやられたのかと――」

「やられた？」

と、洋子が訊《き》き返した。「誰に？」

「私の母とか……」

尚美は、ちょっとためらった。「いいわ、ともかく今は、そんな話をしてられない。行きましょう」

「どこへ？」

「町よ。金山先生のところ」

「金山って？」

「お医者さんなの」

と、尚美は、洋子の腕を取って歩き出しながら言った。「私たちを助けてくれるわ。さあ、急ぎましょう」

「ええ」

二人は町への道を急いだ。

尚美は、洋子と出会えた嬉《うれ》しさで、全く気付いていなかった。――後ろから声をかけられるまで、背後にいたはずの洋子の足音が、この静けさの中で、全く聞こえていなかったことに……。

「あの子って、どうしてあんなにいやな匂いがするんでしょうね」

と、糸川繁子が言った。

金山はチラッと彼女の方へ目をやった。

「あんな所に寝かされとったんだぞ。熱で汗もかいとる。匂って当り前だ」

「そうでしょうか」

糸川繁子は、顔をしかめて、「でも近寄りたくないわ」

こっちも近寄ってほしくないさ、と金山は心の中で呟《つぶや》いた。

「それでも看護婦か」

金山は、ぶっきら棒な口調で言って、「まあいい。あの子の面倒は俺が見る。——もう帰っていいぞ」

「そうしますわ」

糸川繁子は、白衣を脱いだ。「今日は何だか気分が悪くて」

「珍しいな。もう年齢《とし》なんじゃないか?」

と、金山はからかった。

「明日は——」

「のんびりでいい。今夜がヤマだからな、あの子は」

「危いんですか」

「分らん。あそこでどれくらい栄養が取れたかによる」

金山は肩をすくめた。「後は神の思《おぼ》し召しだ。お前の神とは違う神の、な」

糸川繁子は、ちょっと冷やかすように、

「先生にしては珍しい皮肉ですこと」

と言い返した。「じゃ、お先に失礼しますわ」

「ああ、ご苦労」

心にもないことを言って、金山は、手を上げて見せた。

――糸川繁子が病院の裏口から出て行くのを見届けると、金山は、ホッとした。

まず鍵《かぎ》をかけ、それから、診察室の方へ戻って行く。

診察室の奥の小部屋。――本来なら、レントゲンとかをとるときに使う部屋なのだが、ここにあの少女――山崎千晶を寝かせてあった。

診察室との仕切りはカーテンだけである。

金山は、栗原多江たちが感じた、彼らにとっての「いやな空気」が、あの少女そのもののせいだということを、糸川繁子に知られたくなかったのである。

だから少しでも、糸川繁子がそばを通らずに済むよう、ここに少女を置いたのだった。

幸い、何も気付かれなかったようだ。しかし、油断はできない。

金山は、そっとカーテンを開けた。

千晶は眠っていた。――金山にとっては、まるで高原のように爽《さわ》やかな空気を、周囲に漂わせて。

そっと手を少女の額に当ててみる。熱は、ほとんど下っていた。

この分なら、明日の朝までに、すっかり良くなるだろう。

金山は、ひとまずホッとした。

「さて、と……」

問題はこれからである。

この子を、元気になったからといって、三木や多江の手に戻したら、もう金山の手は届かなくなる。そうさせてはならない！

しかし、具合が悪いと嘘をついても、何しろ糸川繁子が毎日ここへ来ているのだ。

そんな嘘は、すぐに見破られてしまうだろう。

では——この子が伝染病だ、とでもいうことにするか？

それも一つの手ではある。しかし、だからといって看護婦まで近付けないというのでは却《かえ》って怪しまれよう。

それに、人間にとっての伝染病が、必ずしも「彼ら」にとっても危険とは限らないのだし……。

困ったな、と金山は腕を組んだ。

そのとき——トントン、と、どこかを叩《たた》くような音がした。

金山は、ちょっと顔をしかめた。糸川繁子が戻って来たのかな？

トントン、とまた聞こえて来る。裏口らしい。金山は診察室を出て——その瞬間に思い出していた。

あの娘だ！　昼間、山で会った——宮田尚美だ！

千晶の治療に熱中していて、すっかり忘れてしまっていたのだった。

しかしこんな夜ふけに……。大丈夫だったのだろうか？

裏口の所へ行って、金山は念のために、

「誰だね？」

と、声をかけてみた。

「宮田尚美です。すみません」

低い声が洩《も》れて来た。

金山は急いで鍵をあけた。

「——やあ、遅かったね。心配してたんだ」

この程度の出まかせは、年齢に免じて許してもらおう。

「すみません、私、あれから眠ってしまって……。あ、この人、見失ってた友だちです」

尚美が、尾形洋子を紹介した。

「ともかくよく来た。さあ上んなさい」

金山は二人を薄暗い茶の間へ通した。

「——ああくたびれた！」

と、尚美はぐったりと座り込んだ。

「大変だったな。——どうだね、腹が空《す》いとろう。お茶漬ぐらいしか出せないが」

「すてき！　よろしいんですか」

「ああ構わんとも。座っていなさい」

金山は台所に行って、ヤカンをガスコンロにのせた。

「すぐに沸くよ」

金山は、尚美と洋子の前にドカッと腰をおろした。

——ちょっと、沈黙があった。

「何から話したらいいのか、見当もつかん」

と、金山は言った。

「今、ここへ来る途中で、ちょっと目にしました」

と、尚美が言った。「暗い通りを、まるでお天気のいい昼下りみたいに散歩しているのが——」

「奴らだ」

と、金山は肯《うなず》いた。「そう人数は多くない。しかし、今では町を完全に手中にしている」

「どうしようもないんですか」

「今のところはね」

金山は、そう言って、「お母さんは気の毒なことをした」

と、話を変えた。

千晶のことは、まだ話したくなかった。この二人のためにも、その方がいい、と思ったのだ。

「母は――」

尚美は、少しためらってから、「やっぱり吸血鬼になったんでしょうか」

「そうじゃなかろう」

と、金山は首を振った。「それなら、あんただって襲われたはずだ」

「でも、確かに母が現われたんです」

「よくは知らんのだがね」

と、金山は首を振った。「映画などでよくあるように、吸血鬼にかまれると、次々に吸血鬼になっていくとは限らんようだ。大部分はただ死んでしまう。つまり、急激に血を失ったショックで死ぬ」

「母もそうして……?」

と、尚美は青ざめた顔で、「父は?　父はどうなんでしょうか」

「あんたの父親か」

金山は、ちょっと目をそらした。「あれは——もうだめだよ」

尚美は顔色を失った。

「だめって——では——」

「いや、そういう意味じゃない」

金山は首を振った。

「どういうことなんです？」

「——言いにくいがね」

「構いません」

「そうか」

金山は、再び尚美をしっかりと見据えた。「あんたは、しっかり者のようだ。ちゃんと現実を受け止められるだろう」

尚美はゆっくりと肯いた。

「あんたの父親は、連中の手先のようなものだ。下働きというのか、吸血鬼映画には必ず伯爵と下男が出て来るだろう、ちょうどああいう風に、働いている」

金山は、あっさりとした口調で言った。

尚美は、震える顎《あご》を必死で押えながら、

「母が——母が死んだ後もですか」

と言った。

「そうだ。いや……本当のところは、あんたの父親が、何かしくじりをやらかして、多江の怒りをかった」

「多江？」

「栗原多江。——連中の中では女王様といった存在の若い女だ。あんたの父親の頭を叩き割りかねなかった。それを、あんたの母親が、身代りになると言い出したのだ」

「母が……」

「あんたの父親の代りに、血を吸われて死んだ。——あんたの前に姿を現わしたのは、たぶん、死にきれずにいたからだろう」

尚美は、目に溢《あふ》れた涙をこぼれないようにじっと持ちこたえていた。

「父は——父は——止めなかったのですか」

「止めなかった。他人のように、あんたの母親の死体を運んで埋めたよ」

金山は、腰を上げた。「湯が沸いたな」

尚美の頬に、涙が伝い落ちた。

## 15　青い炎

金山は、ホッとしていた。

話のショックにも負けず、宮田尚美が、ちゃんとお茶漬を食べているからだ。

もう一人の方——尾形洋子は、じっと黙りこくって、ただ黙々とお茶漬を食べていたが、こちらは、何だか生気がない感じがした。

「——ごちそうになって」

と、尚美は、はしを置いた。

「いや。辛《つら》い話だったろう」

「でも、今はそんなことを言っているときじゃありません」

尚美の目に、もう涙はなかった。「何とかして、闘わなくては」

「うん」

金山は肯いた。「嬉《うれ》しいよ。そう言ってくれると」

「誰か、味方になってくれる人は?」

「いないな、町の中には」

金山は首を振って、「しかし、こっちも、もう若くはない。それに、正直なところ、他の連中と同様だったのさ。今日までは、だ」

「――え？」

「看護婦は奴らの一味だ。ここへ通って来て、見張りを兼ねとるんだ。見張りと家政婦、それに――情婦とな」

「まさか」

「本当だ」

金山はそう言って肯いた。「こんなことを話すのはみっともない。しかし、わしがどの程度の人間かを、知っておいてほしいのだ」

「分りました」

「それでも、信じてくれるかね？」

「はい」

尚美はすぐに肯いた。

「ありがたい」

金山は、胸が熱くなった。――この娘は信じて良さそうだ。

考えてみれば、自分など、いつ心臓がくたびれ果てて止ってしまうか分らないポンコツである。

万一のときのことを考えて、この娘に、あの千晶のことを教えておいた方がいい。

「ちょっと来てくれ」

金山は、立ち上った。「――今日、貴重な宝物を見付けたんだ」

「まあ。何ですの？」

「奴らと対決する決め手になるかもしれん。もちろん、まだはっきり言い切れないが」

――金山は、診察室へ入ると、明りを点《つ》けた。

「こっちだ」

金山は、奥の小部屋のカーテンを、そっと開けた。

尚美は中へ入って、小さなベッドの上に寝ている千晶を見た。

「可愛い。――この子は？」

と、金山を見る。

「熱を出していたんだが、今はもう大丈夫だ。これからゆっくり事情を説明するよ」

「ええ。ほら、洋子、見て。可愛い子じゃない」

と、尚美が言うと、洋子もカーテンをからげて中へ入ろうとしたが、急に口を押えて、後ずさった。

「洋子！　どうしたの？」

びっくりした尚美が急いで出て来る。

「だって——ひどい匂いじゃないの」

「匂い?」

「待て!」

金山が洋子の腕をぐいとつかんだ。「匂いだと? あの子の近くにいられないのは、奴らの仲間だからだぞ」

「何ですって!」

尚美が愕然《がくぜん》とした。「洋子——」

突然洋子が金山の手を振り払おうとして暴れ出した。

しかし、金山の方も、不意をつかれたわけではないので、うまくかわして、洋子の手を後ろ手にねじり上げた。

「離せ! この老いぼれ!——殺してやる!」

洋子が、別人のような形相でわめいた。

尚美は呆然《ぼうぜん》として、その光景を見つめていたが、金山の、

「早く! この女の口をふさげ! 何か布を持って来るんだ!」

という声に、やっと我に返った。

急いで、診察台のわきのカーテンを引きちぎると、それで洋子の口を押えにかかる。

「かまれないようにしろ!」

と金山が叫ぶ。「そのまま縛り上げるんだ!」

洋子の抵抗も凄《すご》かった。何といっても金山も老人で、尚美とて格別に力があるというわけではない。

二人して床に押えつけるようにして、やっと、洋子を縛り上げた——そのとき、激しい爆発音がして、金山は、

「アッ!」

と声を上げて、床に転がった。

左腕に、血がにじんでいる。

尚美が振り向くと、そこに拳銃《けんじゅう》を手にした女の姿があった。

糸川繁子だった。


「——貴様」

金山が、左腕の傷を押えながら、やっと上体を起した。

「大丈夫?」

と、尚美が駆け寄る。

「こいつが看護婦だ」

と、金山がいまいましげに言った。「話を聞いてたな!」

「先生を見張るのが私の役目ですもの」と、糸川繁子は微笑んだ。「特にあの女の子は大切だから、と三木さんが言われて、これを――」

と、拳銃を、手の中で軽く揺らした。

「貸してくださったんです」

「殺しゃよかろう」

「その前に、その子を治していただかないとね」

と、糸川繁子は、奥のカーテンの方へ目をやった。「でも、本当はもう治っているんでしょ？」

「自分で見たらどうだ」

と金山は言った。

糸川繁子が真剣な顔になった。

「あれは危険な子です。三木さんも、とんでもない子を連れて来たものだわ」

「あの子に手を出すな！」

金山は立ち上ろうとした。

「動かないで！」

糸川繁子が銃口を金山へ向けた。「本当に撃ちますよ」

「やってみろ」

金山は、目をギラつかせるほど大きく見開いて、糸川繁子をにらみつけた。「俺はもうこの年齢《とし》だ。いつ死んだって怖かないぞ。――さあ、やれ！」

「強がってもだめです」

と、糸川繁子は笑って見せたが、それは引きつったような笑いにしかならなかった。

金山の気迫《いき》が、銃に優《まさ》るばかりだったのである。

そのとき――突然、カーテンが開いた。

「どうしたの？」

山崎千晶が、キョトンとした顔で立っていた。

「出て来ちゃいかん！」

と金山が言った。

千晶は、拳銃を持った女と、けがをしている金山と、そしてそれを支えている若い女を見た。

「――うたれたの？」

と、千晶は言った。

「逃げるんだぞ！」

金山は、糸川繁子の方へ飛び出した。

銃が鳴った。尚美が口を手で押える。

金山の腹を弾丸が貫いた。金山は、行きつく前に倒れた。

「おじちゃん!」

千晶が金山の方へと駆けつける。尚美が止める間もなかった。

「来るな……」

金山が苦しげに呻《うめ》いた。「早く逃げなくちゃ……」

――撃った糸川繁子の方も、とっさに引き金を引いただけのことで、その結果に、やや呆然としている。

尚美は、千晶を救おうと、前へ出ようとして、足を止めた。

千晶が、金山のわきから立ち上ったのである。

「おじちゃんを殺した!」

と、千晶が甲高い声を上げた。

「私はただ――」

「死んじまえ!」

千晶が叫んだ。「死んじまえ!」

激しい怒りが叩《たた》きつけられた。

尚美は、一瞬、目を疑った。――糸川繁子が、グラッとよろけた。手から拳銃を取り落すと、二、三歩後ずさった。

「やめて……苦しい……」

千晶が、じっと糸川繁子をにらみつけている。

「暑い……。暑いわ……やめて……お願いだから……」

糸川繁子は苦悶《くもん》に顔を歪《ゆが》めながら、もがくように、何かから身を守ろうとするように手を上げた。

「助けて――苦しい」

声が上ずった。

尚美は、ただ呆然と、それを見つめているしかなかった。

糸川繁子の周囲に、白いもやのようなものが漂い始めた。――と思うと、たちまち、体の方々に、火がついた。

いや、発火した、というべきか。その火は真青だった。

まるで学校の化学実験で見たような、青い炎だった。

その青い炎が、一気に、糸川繁子の全身を包んで行った。

糸川繁子の悲鳴は、かすかなものでしかなかった。

声を出す力も残っていなかった、というべきだろうか。

炎はどんどん縮んで行った。――燃え尽きて行くにつれて、炎が白く光を発して行く。

やがて、残ったのは、小さな光と、黒くすぶる灰の一握りだった。

尚美の膝《ひざ》は震えていた。

これがこの小さな女の子の力なのか。

しかし、金山がこの子のことを「宝物」と呼んでいた意味が、やっと分った。

この子は、吸血鬼たちを滅ぼす力を持っているのだ！

尚美は我に返って金山の方へ駆け寄った。

「金山さん！　しっかりして下さい！」

抱き起そうとしても、金山の重さは、尚美の手に余った。

かすかな息はあったが、もう長くはもたないと思えた。

「――死んだか」

金山が、かすかな声で言った。

「看護婦が、火に包まれて」

「そうか……」

金山は、ちょっと微笑んだ。「凄いぞ。この子は――宝物だ」

「私が守ります」

「頼む」

金山はゆっくりと息を吐き出した。「これで、やっと……」

もう、それきり、金山は動かなかった。

尚美は、ハッとした。

洋子のことを思い出したのだ。——振り向いて、愕然《がくぜん》とする。

縛ったカーテンが、抜けがらのように落ちている。

逃げたのだ！

尚美は立ち上った。糸川繁子の落した拳銃を拾って腰に挟むと、

「さあ！　逃げるのよ！」

と、千晶の手を取った。

千晶は、尚美を見て、

「私、山崎千晶。お姉ちゃんは？」

と訊《き》いた。

尚美は微笑んだ。

「宮田尚美よ。よろしくね」

「うん」

千晶も笑顔になる。——それは、尚美の胸から恐怖を拭《ぬぐ》い去り、闘志を燃え上らせるに充分な、魅力ある笑顔だった。

# 16 煙

「千晶!」

叫ぶように言って、千枝は、ハッと起き上った。

「どうした?」

小西は、娘の肩を急いで抱いた。「夢でも見たのか」

千枝は、窓の方へ目をやった。

「まだ——朝にならないの?」

「もう少しだ。明るくなって来ている」

小西は、千枝の肩を抱く手に、少し力をこめた。

千枝は、父親の手を、固く握った。汗がにじんでいる。

暗がりの中で、動く気配があった。

「どうかしたんですか」

と、声をかけて来たのは、宮田信江だった。

「いや、何でもない」

小西は低い声で言った。「眠ってくれ。朝まで、もう少し時間がある」

ちょっと物音がして、信江がやって来た。

「ごめんなさい、起してしまって」

千枝が言った。

「いいえ。どうせ眠れなかったんですもの」

と、信江は、カーデガンを肩にかけて、言った。「何か夢を？」

「ええ……。千晶が誰かに追われて、助けを求めてる夢……」

そうか？　本当に夢だったのだろうか？

千枝は自分へ問いかけた。

「きっと大丈夫ですよ」

と、信江は千枝の肩に、そっと手を触れて、「小さい子の生命力って凄《すご》いんですから」

「そうね。本当に……」

千枝は、自分の不安を紛らわすように、「本沢さんは？」

「グーグー寝てます。寝息がうるさくって。幸せだわ、本当に」

小西が、ちょっと笑った。その笑いが、少し緊張をほぐしたようだった。

「いや、今はぐっすり眠っといてもらわんとね。朝になったら、大いに働いてもらうことになる」

「あんまり当てにしない方が、いいと思いますけど」

と、信江は言った。

——小西と娘の山崎千枝、そして宮田信江に本沢武司の四人は、陽が昇ったら、〈谷〉へ向うことにして、今は、通りすがりの空家に入り込んで、夜を過していた。

空家といっても、そうひどい状態ではなかったので、野宿するよりはいいだろう、ということになったのである。

寂しい林の中にポツンと立った一軒家で、その造りから見て、別荘のように使われているのかもしれないと小西は思った。

玄関の鍵《かぎ》を壊して、中へ入ってみると、家具もちゃんと備えてあって、住める状態のまま、ただ埃《ほこり》よけの白い布がかけてあるのだった。

もし、一時的に閉めてある別荘だとすると、勝手に入るのは法律に触れることになるのだが、今の小西には、そんなことは、大した問題ではなかった。ともかく、今は孫の千晶を救い出すことが先決だ。そのために少々の——いや、かなりの無茶だって、やってのける。

ともかく、相手はまともな敵ではないのだから。こちらも充分に覚悟を決めてかからなくてはならない。

小西の計算では、ここから問題の谷まで、そう大した距離ではない。夜が明けたら、すぐに出発して、昼ごろには着けるだろう。町へ入ることを考えるのは、その後だ。

もちろん、孫の千晶の身を思うと、今すぐにでも町へ突撃したい気持だが、それは、おそらく自殺行為だろう……。

「お父さん、休んで」

と、千枝は言った。「私、どうせ眠れそうもないから。朝になったら、遠慮なく叩《たた》き起してあげるわ」

千枝が、無理に冗談めかしているのが、却《かえ》って小西には辛《つら》い。

「分った。どうせ年寄りだ。眠りは浅いからな」

小西はソファの上に、横になった。――眠る気はなかったが、千枝の心づかいを、無にしたくなかったのである。

「ちょっと表に出て来るわ」

と、千枝は言った。

「私も一緒に」

信江が肯《うなず》く。「ちっとも眠くないんですもの」

千枝は黙って微笑んだ……。

――外は、まだ暗い。星がいくつも頭上で寒そうに震えて見えた。

空気は冷たかった。おそらく、夏でも、冷え冷えとしているのだろう。

「──静かですね」

と、信江は言った。「私も、都会に慣れちゃったので、あんまり静かだと、却って眠れません」

「そうね……」

千枝は、遠い空へと目をやった。

「──ご心配ですね、お子さんのこと」

信江は、そう言ってから、「当り前のことを言って、ごめんなさい」

「いいえ。あなただって、お姉さんが──」

「姉は大人ですもの。自分の身は守れるでしょう。もちろん──場合によりますけど」

千枝は、眉《まゆ》を寄せて、厳しい表情になった。

「実はね……さっき、千晶の声を聞いたような気がしたの」

「え?」

「それが夢の中だったのか、それとも本当に聞こえたのか、はっきりしないのよ。完全に眠っていたわけでもないような気がするけど……。でも、聞こえた、といっても、頭の中に響くようでね。遠くに聞こえた、というのでもないの。──きっと夢だったのね。つい本当のことのように思ってしまって……」

と、千枝は首を振った。

「でも——」

信江は、じっと千枝を見つめた。「千晶ちゃんに、何か、そういう特殊な能力があるんだったら、母親のあなたにも、それを受け取る力があるのかもしれませんわ」

「そう思う？」

千枝も、実はそう考えていたのだ。「でも、そうだとしたら、千晶の身に、何か危いことが……」

「今からすぐに出発しましょう」

信江は、千枝の腕をつかんだ。「すぐに本沢君を起しますから」

「そうね。父に話してみるわ」

千枝も肯いた。そのとき——信江は、ハッと息を詰めた。

「何か音が——」

二人は口をつぐんだ。

幻でも何でもない。それは、近付いて来る足音だった。現実のものだ。

「誰か来るわ」

千枝は囁《ささや》いた。「中へ——」

しかし、もう遅かった。林の中を、ザッ、ザッ、とその足音は真直ぐにやって来る。

二人は、建物の出入口の前に、身を伏せた。

少し、辺りが明るくなったのか、木々の間をやって来る影が、見分けられた。その男は走っていた。

いや──走っていた、というには、あまりにのろい足取りで、そして、酔っ払ってでもいるように、右へ左へ、揺れ動いた。

疲れ切っているんだわ。千枝は、そう気付いた。と、突然、その人影が、バタッと倒れた。

それきり、動かない。

「──どうしたんでしょう?」

信江が低い声で言った。

「しっ。まだ足音が──」

やって来る。今度の足取りは、しっかりしていた。そして、懐中電灯らしい光が、チラチラと、木々の間を走った。

後から来た男が、倒れた男を見付けたらしい。足を止め、光を当てている。

「手間をかけやがって!」

と、息を弾ませながら言うと、倒れている男の方へ、かがみ込んだ。「おい。逃げられると思ったのか。馬鹿な奴だ」

千枝は、その男の手に、光る物を認めて、息を呑《の》んだ。刃物らしい。殺すつもりだろうか？

　何とかしなくては——。千枝は起き上ろうとした。そのとき、

「おい、動くな」

　突然、頭の上で声がして、千枝は反射的に身を縮めた。——父だった。小西が、いつの間にか、出て来ていたのだ。

　懐中電灯を持った男が、ギョッとして振り向く。

「こっちには銃がある。動くなよ」

　小西の言葉は、落ちついていた。

「何だ、お前——」

「本沢君。行って、刃物を取り上げてくれ」

　小西に起されたのだろう、本沢が姿を見せ、呆然《ぼうぜん》と突っ立っている男の方へと用心深く近付いて行った。

　すると、倒れていた男が、体を起すのが見えた。

「本沢か！——俺だ！」

　かすれた声が上った。

「桐山！」

　本沢が驚いて、声を上げると、その男の方へ駆け寄った。「桐山！　お前——」

そのとき、追って来た男が、懐中電灯を投げ出すと同時に、身を翻して、逃げ出した。

「お父さん」

千枝が立ち上る。小西が一歩前に出た。

腕を一杯に伸ばし、狙いを定めて、引き金を引く。鋭い銃声が、冷たい大気を震わせた。

逃げようとした男が、一瞬のけぞって、そのまま二、三歩進んでから、倒れた。

——千枝は、息を吐き出した。

「殺したの？」

「今は足を狙っているときじゃない」

小西は冷静だった。「知らせに行かれたら、こっちが危いところだ」

小西は、小走りに、倒れた男の方へと駆けて行った。——弾丸は心臓を射抜いていて、もう男は死んでいた。

小西は、拳銃《けんじゅう》を納めた。仕事でも、犯人を射殺したという経験はほとんどない。

しかし、今の小西は、千晶を救い出すためなら、邪魔をする者は何人でも殺すことができた。

小西が戻ると、本沢に千枝と信江も手を貸して、桐山を、中へ運び込んだところだった。

「——ひどいな」

本沢が、思わず言った。

桐山の手首は、縄が食い込んでいたらしく、皮がむけて、血だらけになっている。

「傷を洗わなきゃ」

と、千枝が言った。「ここ、水は出るわ。何か容《い》れ物を捜して――」

「いいんだ」

と、桐山が、かすれた声で遮った。

「桐山――」

「水を飲ませてくれ……」

小西は、器に水をくんで来た。桐山は、貪《むさぼ》るように水を飲み干すと、体中で息をついた。

「どうしたんだ、一体？」

と、本沢が、桐山の背中を支えるようにして、言った。

「捕まってたのさ……。へましたもんだ……」

「一人でやろうとするからだ。もう大丈夫だからな。後は俺がやる」

小西が、桐山の上にかがみ込んで、

「子供を見なかったかね？」

「子供……」

「八歳の女の子だ。さらわれて、あの町にいると思うんだが」

「見なかったな……」

桐山は、呟《つぶや》くように言った。「ただ――誰かが怒鳴ってた。あの子供をどうした、とか……」

「何と言ったの？」

千枝が身を乗り出す。「思い出して！　私の娘なの」

「いや……。僕もよく分らないんですよ、何が起ったのか」

桐山は、ゆっくりと首を振った。「ともかく、町が大騒ぎになった……。こんなこと、初めてだった」

「騒ぎに？」

「誰かが――逃げたらしいんです。たぶん、その子のことじゃないかな。追いかけろ、と怒鳴ってた。男がいて――三木、とかいったかな」

やっぱり町へ戻っていたのだ！　小西は胸の高鳴りを覚えた。

「女がいるんです。――連中のリーダーらしい女」

「栗原多江だね」

「そう。そんな名前でした。――凄《すご》く怒ってて……。ともかく捜し出せ、って。大騒ぎでね。その隙に逃げ出したんです」

「危なかったな！　でも、助かって、良かった」

「追いつかれたから、もう殺されると思ったよ……」

桐山は、やっと弱々しい笑みを浮かべた。

小西は、厳しい顔になった。

「君には悪いが、ここへ置いて行くしかない。子供が追われているのを、何としても助けたいんだ」

「もちろんです」

桐山は肯《うなず》いた。「ここにいますよ。手伝いたいけど、その力がない」

「もし、君を捜しに誰かが来るといかん。——よし、さっき、地下の貯蔵庫があるのを見付けた。あそこへ隠そう。君、足の方をかかえて」

本沢と小西、二人がかりで、桐山の体を、地下へ運んだ。

「毛布をかけておけば、荷物に見えるだろう」

と、小西は言った。「すまないが、しばらく辛抱してくれ。君のことは、本沢君から聞いたよ」

「あなたは刑事さんでしょう」

桐山は言った。「僕は間違って女を一人殺してるんです」

「今の私は刑事じゃないよ」

と、小西は言った。「孫の身を心配する、一人の老人さ。——総《すべ》ては、かたがついてからのことだ」

と、桐山は、小西の手をちょっと握った。

「大勢いますよ、奴らは」

「分ってる。——できるだけ早く戻るよ」

小西は、行きかけて、ふと振り向くと、「もし戻らなかったら、何とかして、警察へ連絡してくれ」

と言った。

小西が先に行くと、本沢は桐山の手を固く握った。

「早く行けよ」

と、桐山は言った。「あの娘《こ》が、尚美の妹か」

「そうだ」

「彼女を守ってやれよ」

「必ず戻るからな」

「ああ」

桐山は肯いた。「秋世の仇《かたき》を討ってくれよ」

本沢は、もう一度、桐山の手を握って、地下から急いで上って行った。

もう、全員、外に出て、待っていた。

「気を付けて」

「揃《そろ》ったね。行こう」

小西が促す。四人は、足早に、林の中を歩き出した。

ほとんど口はきかなかった。誰しも、状況は分っている。

今、この瞬間にも、千晶は追いつめられているのかもしれない。

「止って」

と、小西が言った。「大分明るくなって来たな。──問題は、真直ぐ町へ入るか、それとも谷へ回るかだ」

「千晶は、町にいるんでしょう？」

「しかし、逃げ出したんだ。──その後、どこへ行ったのか……。捕まっていないとしたら、どこかに身を隠すだろう。こう明るくなったら、見付かってしまう」

「でも、この辺なんか、千晶は知らないのよ」

「そこだ。千晶が一人で逃げたとしたら、どこか山の中に入り込むだろう。もし、誰かの助けを借りているとしたら……」

小西は、一瞬考え込んだ。──迷っている余裕はない。

「二手に分かれる？」

と、信江が言った。

「危険だ。私はともかく、君らは武器一つないんだから」

「ナイフは持ってますよ」

と、本沢が言った。「使ったことないけど……」

小西は、ほんの何時間かの遅れが、千晶の生死を分けるかもしれないと承知の上で、自分の直感に賭《か》けることにした。

長い刑事生活の中で、何度か、手がかりを指し、方向を示してくれた直感である。

理屈や、推理ではなく、判断の材料がないときには、直感に頼るしかない。

もちろん、犯人を逮捕するとき、直感に頼ったことはない。捜査の方向を決めるときに、それは、しばしば有益だったのだ。

「——谷へ行こう」

と、小西は言った。

夜は明けつつあった。誰も、小西の言葉に異を唱えなかった。

行くべき場所がはっきりして、却《かえ》ってホッとしてもいたのである。

「——夜が明けても、お棺に戻らないから始末が悪いな」

と、本沢がグチったので、信江が、

「ふざけてる場合じゃないでしょ」

とにらんだ。

「いや、本当の話だよ」

と、小西が足取りを緩めずに言った。「連中が、昼間も動き回っているのは厄介なことだ。こっちは充分に警戒してかからなくてはね」

「杭《くい》でなくても死ぬのかな」

と本沢が言った。

「あなたは怪奇映画の見過ぎなのよ」

「しかし、杭でも打ち込んでやりたいね、三木の奴には」

と、小西が言った。

「お父さん――」

と、千枝が言った。

「どうした？」

「あの煙は？」

行く手の、ずっと遠い先に、青白い煙が、ゆっくりと立ち昇りつつあった。

「――あれは谷の辺りかもしれん」

と、小西は言った。「急ごう！」

四人は、ほとんど走るような足取りで、煙の立つ方へと向って行った。

# 17　怒りの火

「お姉ちゃん、大丈夫？」

千晶が、心配そうに言った。

尚美は、微笑んで見せた。——そうせずにはいられない何かが、この幼い少女には具《そな》わっていた。

「足は、どう？」

と、千晶は言った。

「そうね……。少し痛いけど、大丈夫よ」

もうすぐ夜が明ける。——それも、尚美たちにとって、救いになるとは限らなかった。

——谷は、静かだった。

追われて、結局、二人はここまでやって来てしまった。追い込まれた、というのが正しいのかもしれない。

追って来る三木たちの方も、馬鹿ではなかった。尾形洋子から、千晶があの看護婦、糸川繁子を灰と化してしまったことを、聞いたのに違いない。

自分が誘拐して来た少女が、どんなに恐ろしい存在かを知って、愕然《がくぜん》としただろう。

しかし、さすがに刑事だけあって、三木はすぐに手を打った。つまり、直接自分が尚美と千晶を追うのでなく、町の人間たちを駆り出して、追跡させたのである。

普通の人間たちにとっては、千晶はただの八歳の少女に過ぎない。尚美も、拳銃《けんじゅう》を持ってはいたが、何十人という男たちを相手に闘うのは無茶だった。

山道を走り、千晶を抱きかかえた腕は、しびれていたが、それでも一旦《いったん》は何とか追っ手の目を逃れたかと思った。

しかし、突然、目の前に、手斧《ておの》を握った男が一人、立ちはだかったのである……。

尚美は拳銃を抜いて、男を撃った。――夢中で引き金を引いた。

男は倒れたが、投げつけた手斧の刃が、尚美の足をかすめたのだった。

銃声を聞きつけた、町の男たちが、一斉に殺到して来た。尚美は、傷の痛みも忘れて、必死で走った。そして――目の前に、谷があったのだ。

「千晶、連れて来られて、ずっとここで寝てたんだよ」

と、千晶は言った。

「そう……」

ブラウスを裂いて、足首をきつく縛ってあるが、出血は止らなかった。時々、気が遠くなりそうになる。

深く、切れ込んだ傷ではないのが救いだった。そうなら、とても走って来られなかっただろう。

ただ、浅い傷ながら、血がジワジワとにじみ出て、止らない。

二人は、谷の廃屋の中にいた。——かびくさい、暗い部屋の中にいると、一気に疲労感が襲って来るような気がした。

何をしているんだろう？——尚美は表の様子が気になったが、立って覗《のぞ》きに行くだけの元気がない。見るのが、恐ろしくもあった……。

二人がここにいることは、追って来た男たちにも分っているはずだった。おそらく、外に、何十人も集まっているに違いない。

それでいて、何もしかけて来ないのが、却って無気味だった。

ここへ辿《たど》りついて、もう一時間はたったろう。

廃屋の中も、窓から白い光が忍び込んで、明るくなって来ていた。——何を待っているんだろう？

尚美が拳銃を持っているのを知っていて、用心しているのか？　それにしても、何か動きがあっても良さそうなものだが。

しかし、ここからどうやって千晶を逃すか。——尚美には何も思い付かなかった。

いけない！　あの金山医師の死をむだにしては……。しかし、女一人の力で、やれることには限界がある。

「——あいつらがいる」

と、千晶が顔を上げて言った。

「え？」

尚美は体を固くした。「本当に？」

「うん。外に来てるよ」

「おい！」

と、呼ぶ声がした。

かなり遠い感じだ。尚美は拳銃をつかんだ。

「いるのは分ってる。話がある。——出て来い」

尚美には、聞き憶《おぼ》えのない男の声だった。

「あれが三木って人だよ」

と、千晶が言った。

尚美は、三木のことを知らないのだ。あの町にいたといっても、もうずいぶん昔のことだし。

尚美は、千晶の頭を、左手で、そっと撫《な》でた。

「ねえ。お姉ちゃんの言うことを聞いて」

「お姉ちゃんは足をけがして、一緒には逃げられないわ。ね？　あなた一人で、逃げてちょうだい」

「なに？」

「でも……」

千晶は顔をしかめた。「一緒に行くって約束だよ」

「そうね。そのつもりだったんだけど……」

尚美の言葉を断ち切ったのは、

「尚美！」

という叫び声だった。

ハッとして、尚美は腰を浮かした。あの声は――お父さんだ！

「尚美！　出て来てくれ」

尚美は、足のけがをかばいながら、ゆっくりと立ち上った。

「お姉ちゃん――」

千晶が、小さな体で、尚美を支えようとする。尚美は、キュッと千晶を抱き寄せた。

「尚美！　返事をしてくれ！」

父の声が、谷の中を駆け巡った。

尚美は、左足を引きずりながら、廃屋の玄関の方へと進んで行った。

しっかりと拳銃を握りしめ、玄関へ降りる。傷が痛んで、涙が出て来たが、歯を食いしばってこらえた。

戸を開けたら——一斉に男たちがなだれ込んで来るかもしれない。

いつでも引き金を引けるように拳銃を構えて、尚美は、戸を開けた。

外は、意外なほど明るくなっていた。陽が昇る位置の関係で、明るくなるのが早いのかもしれない。

二十人——いや三十人近い、町の男たちが、手に手に、棍棒《こんぼう》や刃物を持って、遠巻きにするように並んでいる。

尚美は、父が一人で、ポツンと立っているのを認めた。——これが父か？

目を疑った。——まるで別人のように、老け込んで、髪も真白になっている。

「尚美……」

父が歩いて来るのを、

「来ないで！」

と、叫んで止めた。「お父さん。どういうつもりなの！」

「尚美……。お願いだ。落ちついてくれ」

父は弱々しい声で言った。「お前は誤解してるんだよ」

「何も聞きたくないわ」

と、尚美は言い返した。「帰って！　お父さんを撃ちたくないから」

「尚美――」

男が一人、歩いて来た。

「尚美君というのは君か。僕は三木だ」

三木は、少し離れた所で停った。「あの女の子を渡しなさい。君には別に危害を加える気はないんだ」

人当りのいい、穏やかな口調だった。

「とんでもないわ。金山先生から、何もかも聞いたわよ」

「あいつは少し頭がおかしくなってたのさ」

と、三木は笑った。「町の人たちはみんなこっちの味方だ。――見れば分るだろう。僕らが町の人々をいじめていたら、みんなこんなに協力してくれると思うかい？」

「人殺し！　あなたなんかにあの子を渡すもんですか！」

尚美は、拳銃を握り直した。

「困ったもんだな」

三木は、宮田の方へ向いて、「あんたの娘さんは、すっかりのぼせているらしい」

「待って下さい！　もう一度話を――」

宮田が哀願するように言った。

「むだだと思うがね」

三木は、待機している町の男たちの方を見回した。

「僕が命令すれば、あの連中が一斉に襲いかかる」

「やってごらんなさい！」

最後の気力を振り絞って、尚美は叫んだ。「一人か二人は死ぬことになるわよ。自分がやられてもいいと思うのなら、来ればいいわ」

男たちが顔を見合わせる。——何といっても拳銃《けんじゅう》は怖いのだ。

三木が苛立《いらだ》ったように、

「これが最後だぞ！」

と、尚美の方へ一歩踏み出そうとしたが、ハッと足を止めると、急いで後ずさった。

千晶が、尚美の後ろから顔を出したのだ。

「三木さん！」

と、女の声がした。「やってしまいなさい！」

尚美は、ずっと奥の方に、一人の若い女の姿を認めた。——あれが、金山の言っていた栗原多江だろう。

しかし、多江も三木も、千晶を恐れている。

近付こうとはしないのだ。

「仕方がないな」

三木はそう言うと、クルリと向き直って、多江の方へ歩き出した。宮田が、

「待って下さい！」

と、三木を追って行く。「娘にもう一度話をしますから——もう一度——」

三木が振り向く。

尚美は、目の前に起ったことが信じられなかった。それは悪夢のように、現実とは違ったスピードで動いているような気がした。

三木は、尚美の父の喉《のど》へ、手を伸ばした。その手に、白く光るものがある。尚美は父が一瞬、立ちすくむのを見た。そしてこっちを振り向くのを。

喉に赤い筋が見えた。——と、激しく血が噴き出して、父の胸元を真赤に染めた。

父は、尚美の方へ手を伸ばして、カッと目を見開いたまま、一、二歩進んだ。そしてそのまま、急に崩れるように倒れた。

「お父さん！」

尚美が叫んだ。「お父さん！」

走っていた。我知らず、父に向って駆け寄っていた。

同時に、町の男たちが、尚美めがけて殺到した。

「お父さん！——ああ！」

尚美が父の体の上に身を投げかける。男たちが棍棒や刃物を振りかざして襲いかかった。

——千晶は、何十人もの男たちが、たった一人の「お姉ちゃん」を襲うのを見ていた。

棍棒が振りおろされ、振り上げられ、また振りおろされた。刃物が背中といわず手足といわず、突き立てられた。

「お姉ちゃん」は、声一つ上げなかった。いや、聞こえなかったのかもしれない。男たちの、獣のような怒声にかき消されて。

たちまち、「お姉ちゃん」は血に染って行った。まるで父親の死体をかばうように、覆いかぶさったまま、もう動くはずのなくなった「お姉ちゃん」を、男たちはなおも殴り、蹴《け》り、刺し続けた。

千晶は、その痛みを感じた。その苦しみを自分のことのように身体で受け止めた。

男たちは狂ったように、尚美への暴行をやめようとしなかった。

「——もういい！」

三木の声が響いた。「もうやめろ！」

その声も、さらに数人の男が、尚美の死体を踏みつけ、蹴りつけるのを止められなかった。

——男たちが、左右へ割れた。

誰もが、返り血を顔から首、手や胸にまで浴びて、放心したように、喘《あえ》いでいた。

尚美が、まるで赤いペンキをかぶったように、無残な死体となって、残っていた。

三木が、ゆっくりと歩いて来た。

「もういい」

三木は、静かな声で言うと、「あの子供を連れて来い」

と命令した。

男たちは、その言葉が聞こえなかったのか、ぼんやりと立ち尽くしていた。

「早く連れて来い！」

三木が怒鳴った。

その声で、初めて目が覚めたとでもいう様子で、男たちの何人かが、顔を見合わせ、千晶の方へと、歩き出した。

千晶は、体を震わせていた。何かが、体の中で爆発しそうだ。顔が真赤になるのが、自分でも分った。

ついさっきまで、千晶を励まし続け、守るために命をかけてくれた「お姉ちゃん」が、今はもう息絶えて、しかも、あんなひどい有様で……。

殺された。殺されたのだ。

千晶は、両手をギュッと拳《こぶし》にして握りしめた。——みんな、ひどい！　許さない！　許さないから！

男たちが、足を止めた。——少女の周囲で、陽炎《かげろう》のように空気がゆらめくのが見えた。それは、水面を渡る波紋のように、少女から輪を描いて広がるように見えた。

男たちは戸惑った。

「その子を殺せ！」

三木が声を上げた。「早く殺せ！」

声に恐怖があった。上ずっている。悲鳴に近い声だ。

千晶は、両手の拳を胸に押し当てると、思い切り息を吸い込んだ。そして、肺の中の空気のありったけを、怒りと憎しみの絶叫に変えて絞り出した。

アーッ、という声——いや、それは声というより、悲しみと怒り、そのものだった。

その鋭い波長が、谷の中を駆け巡った。

三木が悲鳴を上げた。千晶に背を向け、逃げ出そうとする。

空気を揺さぶって、その透明な波が三木を捉《とら》えた。三木の体が真青な光を放ったように見えた。

それは炎だった。真青な炎が、白熱した輝きで、三木の体を、骨まで焼き尽くした。

数秒とたたないうちに、三木の体は、灰となって、しかもそれすらも波に吹き散らされながら、青くきらめいた。

多江が目を見開いた。逃げる間もない。

多江の周囲に集まっていた「仲間」たちが一瞬のうちに、まるで青い炎に塗りつぶされるように消えた。目に見えない巨大な絵筆が、青い絵具で、彼らを一筆で塗りつぶしたのだ。

多江が、やって来るものをよけようとするように、両手を顔の前に交差させた。しかし、それはたちまちのうちに多江を包み込んだ。いや、包んだと思った瞬間、多江の体はバラバラに砕け散っていた。

その一つ一つが青白い尾を引いて、燃えながら宙を四散した。

町の男たちは、地に這《は》った。頭を地面にこすりつけるようにして、両手でかかえ込んだ。恐怖のあまり、逃げることもできないのだ。

衝撃波は谷の中を駆け巡った。

千晶の背後で、彼らの家がメリメリと音をたてて裂けた。同時に、真赤な炎が、家の中から、噴き上った。

谷に並ぶ古びた家々が、まるで導火線につながれているかのように、次々に火を噴いた。それは、燃えるというより、爆発に近かった。火のついた木片が、舞い上り、地面に伏せた男たちの上に、雨のように降り注いだ。

男たちが悲鳴を上げて、飛び上った。一斉に逃げ出す男たちめがけて、砕けた窓のガラスの破片が飛んで行った。

千晶は、黒い煙の向うで、あの男たちがのたうち回り、頭をかかえて逃げ惑っているのを見た。

もっと！　もっと痛い目にあえばいい！　もっともっと苦しめ！　もっともっと——もっともっと！

炎が一瞬、幕のように空を覆った。

そして——黒い煙が、音を立てんばかりの勢いで渦を巻いた。


——谷を見下ろす場所まで来て、小西は、愕然《がくぜん》として足を止めた。

「何だ、これは！」

と叫んだのは、本沢だった。

信江と千枝は、言葉もない。

まだ、谷には、うっすらと黒い煙が漂っていた。

何かが終ったのだ。それだけが、小西にも分った。

家は——いや、それはもう家とは呼べない、残骸《ざんがい》だった。燃え尽きていた。一戸残らず、吹っ飛んでしまったように見えた。

「お父さん……」

千枝の声は震えていた。

あちこちに黒ずんだものが横たわっている。——人間だ。炎に焼き尽くされている。何人——いや、何十人いるだろう？

「何があったの！」

と、信江が叫ぶように言った。

「分らん」

小西は首を振った。「降りよう」

四人は、谷へと下って行った。

小西は、この凄惨《せいさん》な風景の中でも、そこに千晶らしい小さな焼死体がないことを、確かめていた。

「あれは？」

と、本沢が指さした。

誰かが倒れている。赤い服を着て——。

「女だな」

「でも、何だか変だわ」

と、千枝が言った。

「待て」

小西が他の三人を止めた。「私が見て来る」

「どうして？」

「あれは——赤い服じゃない」

小西が歩き出す。——信江は、直感的に、恐ろしい真実を見つめていた。

信江は、小西を追って駆け出した。小西はその死体の前で足を止めると、

「来ない方がいい！」

と、振り向いて叫んだ。

「姉さんだわ！　お姉さん！」

信江は、しかし、もうここへ来ていた……。

小西が、死体をそっと仰向《あおむ》けにした。

信江が、両手で顔を覆うと、呻《うめ》き声を上げながら、よろめいた。

本沢が駆けて来ると、信江を抱きしめた。

「——ひどい」

小西は首を振った。「何てことを……」

風が、谷を吹き抜けた。黒い煙が、ゆっくりと流されて行った。

「千晶！」

と、千枝が叫んだ。

小西が、ハッと顔を上げた。

千晶が、そこに立っていた。——いささかすすけた顔で、しかし、けが一つしていないようだった。

「おじいちゃん」

と、千晶が言った。「そのお姉ちゃんのかたきをうったからね」

千枝が我が子へと駆け寄って、力一杯抱きしめた。

小西は、立ち上って、息をついた。——頬に風が冷たい。

いつの間にか、涙が流れているのだった……。

# 18　地底の眠り

玄関のチャイムが鳴った。

「はーい」

千枝は、手を拭《ふ》きながら、玄関へと急いだ。「どなたですか？」

「私だよ」

「お父さん。待って――」

チェーンを外し、ドアを開ける。「もう大丈夫なの？」

「ああ、少し痛むがね」

小西は、さげて来た紙袋を、ちょっと照れくさそうに持ち上げて、「ケーキを買って来た」

と言った。

「まあ。千晶はあんまり食べないのよ、甘いもの。私がいただくわ」

千枝はそっと、紙袋を受け取った。「上って」

「千晶は？」

「お昼寝中」

「そうか。じゃ、あんまり大きな声は出さん方がいいな」

「いいわよ。一度眠ったら、そう簡単に起きないもの」

――小西は、少し片足を引きずるようにしながら、リビングルームのソファに腰を落ちつけた。

「いつ退院したの？」

と、千枝が、お湯を沸かしながら言った。

「おとといだ」

「呼んでくれれば、手伝いに行ったのに」

「まだ、自分の面倒ぐらいみられるさ」

――小西は、ベランダへ出るガラス戸越しに、明るい戸外を見やった。

「――すぐ、お茶をいれるわ」

千枝は、ソファの上に開いたままの雑誌を片付けて座ると、「顔色、良さそうね」と言った。

「そうか？　入院といっても、ただの静養だからな。休暇みたいなもんだ」

小西はそう言って、ちょっと笑うと、すぐに続けた。「今日づけで辞めた」

「そう」

千枝は肯《うなず》いた。

「昨日一日、大変だったよ」

小西は、息をついて、伸びをした。「もう何度もしゃべったことを、またしゃべらされて……。まあ、事件が事件だ。仕方ないがね」

「で、結局、どうなったの？」

「またこれからが大変だ。——あの谷での三十一人の焼死体は別にしても、金山医師、宮田尚美、その父親……。説明が必要な死体はいくらもある」

「お父さんが射殺した男は？」

「あれは一応、正当防衛で通すことになった。その交換条件が辞表だ」

「そういうことなの……」

千枝は、目を伏せた。「千晶のことは？」

小西は首を振った。

「誰も信じやしないよ。八歳の子供の超能力で、吸血鬼を灰にしましたなんて言ったところで」

「でも——」

「我々だって、現実に彼らが灰になるところを見てはいない。見ていたのは宮田尚美だけだろうが、彼女も死んでしまった」

「千晶が嘘をついてる、と？」

「いや、私は信じてるさ。お前もそうだろう。あの谷の有様は、ただの火事ぐらいじゃ説明がつかない」

と、小西は言った。「しかし、実際に、あの惨状を見ていない人間に、それを信じろと言っても無理だろうな」

「分るわ」

千枝は肯いた。

お湯が沸いて、千枝は紅茶をいれて来た。

「でも、まだ心配だわ、私」

「あの町のことか」

「ええ。まだ、彼らの仲間が残っているかもしれないじゃないの」

「それはそうだ。しかしな、考えてみろ。吸血鬼があの町を支配していたなんて話を、一体誰が信用する？　しかも、三木も栗原多江も、灰になって消えてしまったというのに」

小西は、ゆっくりと首を振った。「――警察の上層部の連中を、こんな話で納得させるのは、とても不可能だよ」

「でも――」

千枝は、ムッとしたように、「あんな思いをして――千晶は誘拐までされたのよ！　それなのに、信じてくれないなんて！」

「お前の気持は分る。私も同じ気持さ。しかし、他にも問題があるんだ」

「どういうこと？」

「この話がマスコミに乗って全国に流れたらどうなるか、ってことだ。信じない者が大部分だろう。面白おかしく取り上げられ、忘れられて行くのがオチだ」

「でも、そんなこと、言ってられないじゃないの！」

千枝は、思わず身を乗り出した。「もし、連中の仲間が残っていたら——」

「分ってるよ」

と、小西が肯く。「だから——おい、誰か来たようじゃないか」

玄関のチャイムが鳴っているのに、千枝はやっと気付いた。つい、興奮していたようだ。

急いで玄関へ出てみると、意外な顔があった。

「その節はどうも」

と、頭を下げたのは、宮田信江だった。

「まあ、嬉《うれ》しいわ。どうぞ。——あら、本沢さんも」

三歩退《さが》って、ではないが、少し離れて、本沢が照れくさそうな顔で立っていた。

「まあ、それじゃ——」

と、千枝は、ちょっと部屋の中の方へ目をやった。「父が呼んだのね？　一言も言わないんだもの。さあ、入って下さい」

居間に、四人が揃《そろ》うと、何となく口が重くなった。誰もが、尚美の死を思い出すからだろう。

「姉と父の葬儀には、わざわざおいでいただいて――」

と、信江が小西に礼を言った。

「いや、当り前のことだ。いわば戦友だからね、君の姉さんは」

小西は静かに言った。

「でも、このまま、何もかも曖昧《あいまい》に終ってしまうんじゃ……」

と、本沢は不服そうである。「桐山の奴は精神鑑定まで受けてますよ」

「その方が彼にとっては有利かもしれんがね。しかし、真実は真実だ」

「そうですわ」

信江は肯いた。「あちこちで起った連続殺人とか、あの町や谷での出来事とか……。色々調べれば、そんないい加減な説明じゃ済まないのが分ると思うんです」

「そうだよ」

本沢も同調した。「奴らが一人でも残っていたら、またいつか同じことが起きるかもしれない」

「私も、その点は心配なんだ」

小西は、三人の顔を眺め渡して、「どういう手を打つべきか、相談したくて、こうして来てもらったんだがね」

「警察は何もしないんですか？」

「公式見解としては、三木も行方不明のままだ。一応、連続殺人犯として手配はされているが、まさか灰になりましたとも言えない」

「公式ってのは厄介ですね」

本沢がため息をついた。「桐山も、町の連中に監禁されてたと訴えてるらしいけど、取り合っちゃくれないようなんです」

「でも――分るわ」

と、千枝が言った。「何も知らない人が、私たちの話を聞いて、信じてくれるかって考えたら、ね……」

「町へ行きましょう」

と、本沢が言った。「町が今どうなっているか。それを見るしかないんじゃありませんか？」

「私もそう思う」

小西は肯いた。「一緒に来てくれるかね」

「もちろんですよ！」

本沢は肯いた。信江が、ちょっと微笑んで、

「本沢君、あなた別人みたいになったわね。とても素敵よ」

と言った。

「そ、そうかな……」

本沢がとたんに赤くなる。

「何が素敵なの？」

という声にみんなが振り向く。千晶が目をこすりながら立っているのだった。

「——小西さんですね」

と、出て来た老人が言った。「これはどうも……」

小西は、一瞬戸惑った。

その老人が誰なのか、分らなかったのだ。いや——しかし、これが、河村《かわむら》だろうか？

この老人が？

「お忘れですか。——河村です」

「いや、憶《おぼ》えてるとも」

小西は、やっと平静な表情を保って、「久しぶりに会ったね」

「ええ……。お変りなくて」

と、河村は言った。「この前お会いしたのは、私がまだ町の駐在所にいたときでしたね」

――町の外れ。

ポツン、と離れて建った一軒家に、河村は一人で住んでいた。

まだ、それほどの年齢ではない。少なくとも、小西よりはずっと若いはずだ。

それなのに、河村の髪はすっかり脂っけを失って白くなり、肌も乾いて、つやが消えていた。もう老人と呼ぶしかない変りようだ。

小西は、その様子に、一瞬ゾッとするものを覚えた。

「上られませんか」

と、河村は訊《き》いた。

「いや、ここで結構」

「そうですか。――ちょっと陽に当りましょうかね。いい天気だ」

河村は、サンダルをはいて、玄関から外へ出た。

庭――というのではない、ただ、道とつながった空地へ出ると、河村は、町の方へ目を向けた。

「私もね――」

と、小西が言った。「もう警部じゃない。隠退したんだ」

「そうでしたか。それはご苦労様でした」

河村は、ちょっと頭を下げて、「――町へは、また何のご用で？」

と訊いた。

「町がどうなったか、見たくてね」

小西はそう言って、「それに君の話も聞きたかった」

「私の話、ですか……」

河村は、弱々しく呟《つぶや》いて、微笑した。

「君は、彼らと一緒にいた。その間のことを聞かせてくれ」

「聞いてどうなさるんです？」

河村は町の方へ目をやった。「もう町は終りだ。人間で言えば、臨終の時を迎えていますよ」

「というと？」

「小さな町で、若い男たち――といっても、四十代、五十代の者もいたわけですが――三十人もが一度に死んでしまった。その家族たちは、出て行くしかありませんよ」

小西は、黙って、町の方へと目を向けた。

確かに、町は、ゴーストタウンのように、ひっそりと静まり返っていた。

「しかしね――」

と、小西が言いかけると、河村は肯《うなず》いて、

「分っていますとも。この町は、奴らに支配されていた。町の連中は、怯《おび》えながら暮していたものです」

　と言った。「死んだ男たちも、奴らの命令で動いていたんです。哀れといえば哀れですよ」

「彼らに殺された者もいるよ」

「宮田と、その娘ですな」

　河村は、ため息をついた。「ですが、信じて下さい。みんな、血に飢えた殺人狂だったわけじゃない。ただ、あいつらの下で生きて行くには、進んで、あいつらに近づくしかなかったんです。あいつらに喜ばれるように行動しなくては、安心して眠ることもできなかった……」

　そういう気持が、奴らをはびこらせたのだ、と言おうとして、小西は思い止《とど》まった。今は河村にしゃべらせなくてはならない。

「君は、気に入られたんだろう」

　と、小西が言うと、河村は初めて少しむきになって、

「とんでもない！」

　と言い返した。「私を見て——分りませんか？　私は一年で十歳も年を取ったような気がしたもんです」

「つまり……」

「彼らは私を殺そうとしていました」

河村は視線を足下に落とした。「私には分っていました。私は彼らのことを知り過ぎていた……。私は進んで彼らのために働きました。向うが、私のことを、生かしておいた方が重宝だ、と考えるまでね」

「そして命拾いをしたわけか」

「こうして、一人で退屈な日々を送っているわけですよ。——卑怯者《ひきょうもの》と言われても、抗弁はしません。事実ですからね」

小西は、すっかり無気力になっている河村を見ていて、おそらく町の人間たちも、みんな似たようなものだったろう、と思った。

「もう彼らはいない。——そうだろう？」

小西は、河村の顔を、じっと見ていた。

「そう。——たぶんね」

河村は、呟くように言った。

「まだ、誰か残っているかもしれないと思っているのかね？」

「いや——いないでしょう。みんな姿が消えた。あの谷は、滅びたんですか？」

「少しも嬉《うれ》しそうではないね」

と、小西は言った。

河村は、ちょっと唇の端を歪《ゆが》めて笑った。そして、何のためにそこにあるのかもよく分らなくなった、古い柵《さく》に、ゆっくりと腰をおろした。

「あなたには分りませんよ」

河村は、小西から目をそらしたまま、言った。「どんなに不自由な秩序でも、それが一年、二年と続けば、人間はそれに慣れて来るものです。その中で、楽しみや生きがいを見付ける。――そうしなきゃ、やって行けませんからな。この町だって、そうだったんですよ。最初は、みんな奴らを憎んでいた。でも、恐ろしかったからね、奴らが。殺しても死なない。――あいつらは人間じゃなかったから……」

「それで諦《あきら》めた、というわけか」

「日がたつにつれて、町の人間の中にも、諦めの早い奴と、そうでない奴が出て来る。そうなると、もう団結して奴らと戦うことなんてできやしません。奴らに気に入られた者とそうでない者が、町の中で対立するようになる。極端に走る者は、敬遠されます。みんな、面倒なことは嫌いですからね、人間ってのは。いやな生活だと思っていても、じゃ、そこから脱《ぬ》け出すために命を賭《か》けて戦うかと言われたら……。誰だって、家族もあるし、命も惜しい。責められませんよ」

それは君の言うセリフじゃあるまい、と小西は心の中で呟いた。

「結局、多江がこの町の女王のような存在になりました。周囲を、谷の連中が取り巻いて……。町の中の勢力関係を、多江はうまく利用したんです」

「というと？」

「今まで、町の中ではどっちかというと、目もかけられなかった、役立たずの連中——馬鹿にされて来た者を、自分の配下に置いたわけです。そういう連中は、町の人間に恨みがありますからね、喜んで威張り散らす。我が物顔にのし歩いて——といっても、こんな小さな町ですがね」

河村は苦笑した。「町長も、そういう連中の中から多江が選んだ。学校の教師も。役所の人間も。——店の一軒一軒だって、今度はその連中のご機嫌を取らないと、やって行けなくなったんです。しかしね、多江の利口なところは、やり過ぎを許さないところでしたね。町長が酔って町の娘に暴行したら、容赦なくクビにしてしまった。その後、どうなったのか、姿を消して——たぶん殺されたんでしょう。ともかく多江は、そうやって、町の人間たちに、『これはこれで、まあ悪くもないじゃないか』という思いを植えつけて行ったわけです」

「犠牲者はあったんだろう」

「ええ。——みんな、それには目をつぶっていましたね。見ないふりをしていた。私もそうです」

「一つ訊《き》きたいんだが」

と、小西は言った。「あいつらは、何が目的だったんだ？　他の町でも、三木のような奴が、人を殺していた。何のためにあんなことをしたんだ？　自分たちの仲間をふやそうとしたのか？」

「それは違いますね」

と、河村は、ちょっと笑った。「吸血鬼に血を吸われて、みんな吸血鬼になるなんて、怪奇映画のような話が本当なら、今ごろ世界中が吸血鬼だらけになっているでしょうね」

「それはそうだな」

「勘違いなさっちゃいけません。彼らは、自分たちから進んでここの町の支配者になったわけではない。谷で、彼らは静かに暮していたんです。それを逆に追い詰めて、滅ぼそうとしたのは、町の人間たちですよ。彼らは、自分たちの身を守るために、町を支配したんです」

「君が言いたいのは――」

「人間が、彼らを呼んだ、ということです。三木だって、それまではごく普通の人間として、ずっと暮していたわけでしょう。しかし、この町で一旦《いったん》、恐怖で人を怯えさせる快感と血の味を覚えたら、もうそれを忘れることはできなかったんでしょうね。――もっとも、それが彼らの命取りになったわけですが」

河村は、ゆっくりと首を振った。

小西は、黙って、河村の話に耳を傾けながら、その語ることにも、一面の真実があることを、認めざるを得なかった。

「——町へ行ってごらんなさい」

と、河村は言った。「みんな、途方にくれていますよ。男たちが大勢死んだこともありますが、それだけじゃなくて、突然、秩序が消えてしまったことに、呆然《ぼうぜん》として、ついて行けないんです」

「なるほど」

「人間関係も、これまでとは変って来ます。町長はどうしていいか分らなくてただオロオロしているでしょうね。これまで幅をきかしていた連中が、突然、昔の通りの役立たずに戻ってしまった……。そうですよ。あなた方が、奴らを滅ぼしたことを、必ずしも喜んでいない者もいます」

小西は肯《うなず》いた。——思いもかけないことだったが、分らないではない。

「しかし——」

河村は、一つ息をついて、言った。「それはそれで、また新しい秩序が出来て来るでしょう。時間はかかってもね。もちろん、これで町が空っぽになれば別ですが、たぶん、そうはならないだろうし……」

「やがて忘れて行く、か……」

「もう、みんな、あの連中のことは、口に出しませんよ。町へ行って、訊いてみましたか？」

「ああ」

小西は肯いた。「だから、こうして君の所へ来たわけだ」

「なるほどね」

河村は微笑んだ。「みんな、あれはただ悪い夢だった、と思おうとしてます。早く忘れたい、とね。マスコミが、話を聞きつけてやって来ても、きっと何一つ、得ることはないでしょうね」

小西は、町の方へ目をやった。――そこには日常がある。母親にとっては、過去を振り返って悩むよりも、夕食のおかずの方が問題だろう。

それが生活というものだ。

「私も、町の人たちの生活を、かき回したいわけじゃないよ」

と、小西は言った。「ただ、奴らが、もう残っていないかどうか、それだけが気になって、やって来たんだ」

「それはまあ、大丈夫でしょう。あの谷で何があったのか、私も見たわけじゃないけど、見ていた人間の話では、一人残らず、青い火で焼き尽くされたそうですからね」

「それならいいが……。邪魔したね」

「いいえ。懐しかったですよ。――またこの辺に来られたら、お寄り下さい」

「ありがとう」

小西は歩き出した。

本沢との旅も、結局むだ足だったようだ。

もちろん、あの連中が、もう残っていないと確かめれば、それでいいのだから、目的は達したともいえる。

しかし、多くの犠牲者たち――あの、中込依子を初めとする、死者たちへの追悼には、不充分かもしれない。

だが、これ以上、何ができるだろうか？

町にとって、もう総《すべ》ては過去の出来事になってしまっているのだ。

小西が振り返ると、もう河村の姿は見えなかった。

河村は、息を切らしながら、山間《やまあい》の道を歩いて来た。

以前は、一日に往復したって平気だったものだ。以前は？――いつのことだろう。もう自分でも思い出せない。

少し歩いては休み、進んでは一息ついて、やっと、大きな木の下へやって来た。

河村は、木の太い枝を見上げた。

この枝に、多江を吊《つる》したのだ。——あの若い女教師は、やめて、と叫んでいた……。

今も鮮やかに、河村の瞼《まぶた》に焼きついている。

私刑《リンチ》で奴らを葬り去ることができる、と思い込んでいたのだ。

多江を吊し、あの女教師をも片付けようとしたとき、地面が盛り上って、そこからあの女が——大沢和子《おおさわかずこ》が、土をかき分けて出て来たのだった。

あのときの恐怖は、集まっていた町の男たちを、慄《ふる》え上らせるに充分だった。河村の髪は、あのときから、急に白くなり始めたのだった。

殺して埋めた大沢和子が、立ち上り、吊されて息絶えたはずの多江が、突然笑い出す……。

あれこそが「悪夢」だった。二人と闘おうとする者は、一人もいなかった。もちろん河村もだ。

彼らには勝てないのだ。河村は、あのとき、そう悟ったのだった。

——河村は、しばらく、太い枝を見上げていたが、やがて、そこから十メートルほど奥に入って、地面に膝《ひざ》をついた。

そこは、ほとんど分らないが、わずかに土が柔らかく、ふくらむように盛り上っていた。

「——小西が来ましたよ」

と、河村は言った。「まだ残っていないか、と訊きにね。もちろん、いないと答えておきました。信用して帰ったようです」

河村は、ちょっと息をついて、

「町は、やっと生き返り出した、というところでしょうね。もう、あんたの出る幕はありませんよ。一人じゃ、何もできますまい。——私も、二度とここには来ないつもりですから」

と、ちょっと笑って、「この年齢《とし》じゃ、もうこの道はきつくてね。まあ、あんたもゆっくり眠ることですな」、

河村は、地面の、少し土が盛り上ったところを、手でならした。——これでいい。

河村は立ち上ろうとした。

突然、土を割って、二本の腕が突き出たと思うと、河村の首を、両手でがっしりと捉《とら》えた。

河村の目が、飛び出さんばかりに見開かれた。必死で、首に食い込む指を引き離そうとするが、それは空しい努力に過ぎなかった。

何秒かで、河村は、ぐったりと白眼をむいて息絶えた。

河村の首をつかんだまま、腕は地中へと戻って行く。——土を押しのけるようにして、河村の体は、頭から地中へ突っ込んで行った。

頭が消え、肩が、胸が、地中へと潜り込んで行く。

何分間かの後、河村の体は、地中へと消えていた。

かき乱された土は、そのままだった。

雨や、風や、長い日々が、土をきれいにならして行くだろう。長い眠りを、その下に埋めたままで。

その眠りが、いつか覚めることがあるのかどうか、山も木も、誰も知らなかった。

# 解説

香山二三郎

最初に、おことわりを。

本書は角川文庫既刊『魔女たちのたそがれ』の続篇である（著者の言葉を借りれば、「解決篇」）。

本書の内容も前作を踏まえている。つまり、本書を読めば前作の内容も察しがついてしまうので、未読の人はその点、ご用心あれ。

またこの解説も前作の内容に触れることになるので、あわせてご了解いただきたい。

『魔女たちの長い眠り』は一九八五年一一月、カドカワノベルズから刊行されたのち、角川文庫、角川ホラー文庫に収録された。本書は「赤川次郎ベストセレクション」の一冊として新たに刊行される新装版である。

物語は、ＯＬの尾形洋子のもとに同居相手の宮田尚美から電話が入るところから幕を開ける。桐山という年下の恋人と一夜を過ごすことになったという連絡だったが、その電話が切れた直後、今度は尚美の父からの電話で尚美の母が亡くなったことが知らされる。しかも、実家には帰らないよう伝えてほしいというのだ。翌日、洋子たちのアパートに警察官が現れ、尚美が殺されたことを伝える。洋子は直ちに現場のラブホテルを訪れるが、そこに突然現れたのは死んだはずの尚美だった。何者かに襲われ、隣室に閉じ込められていたという。殺されたのは桐山に横恋慕していた尚美の会社の同僚だったが、してみると被害者は桐山に間違って殺されたらしかった——。

まさに〝怒濤《どとう》〟という言葉が相応《ふさわ》しい展開である。この後、尚美は父に連絡するが、やはり「帰って来んでいい」といわれる。町はすっかり変わってしまったのだと。また逃亡中の桐山からも連絡が入り、「君に恨みはない。でも、君はあの町の人間だ。（中略）あの町の人間は、一人だって生かしておくわけにいかないんだ」という不可解な言葉を投げつけられる。かくて尚美は洋子ともども帰省することになるが、最寄りのバス停から町へ続く夜道を歩いている途中、急に洋子の姿が消えてしまい、さらには死んだといわれた母が現れ、「帰って来てはいけなかったよ」と警告するのだった……。

ここにきて一連の出来事が尚美の故郷の町に結びついていることがわかるとともに、前作をお読みの人なら、それがあの町のことであるのにもお気づきになるに違いない。「三毛猫ホームズ」シリーズを始めとする著者の一連の作品とはいささか異なる、ただならぬハイテンポと緊迫感。思わず身の引き締まる思いをさせられること請け合いだが、それもそのはず、本書はジャンルでいえばシリアスなホラーサスペンスに属するのである。テーマはずばり、ヴァンパイア——吸血鬼だ。

近年ヴァンパイアといえば、〝トワイライト〟シリーズのヒットが記憶に新しいところだろう。ステファニー・メイヤーの著したライトノベルのシリーズとそれを映画化した「トワイライト・サーガ」のシリーズは日本でも大ヒットを飛ばした。これはアメリカ・ワシントン州の田舎町に引っ越してきた孤独な少女がハンサムな少年と出会うが、それは一〇〇年以上生きているヴァンパイアだったというお話。ヴァンパイアものではあるけど、ヒットの要因はホラー演出もさることながら、そこに『ロミオとジュリエット』さながらの宿命的な恋愛ドラマを絡めてみせたところにあろう。

ひるがえって本書にも、宮田尚美と信江の姉妹に絡むふたりの青年、桐山と本沢をめぐるロマンス・エピソードが挿入されている。ふたりは山歩きをしている途中、意識を失っていたひとりの少女を救うが、それをきっかけにあの町に関わりあうことになるのだ。したがって、本書にも甘い趣向がないというわけではないのだが、それはあくまでサブストーリー。本筋はひとつの町がヴァンパイアに乗っ取られてしまうという、侵略テーマにのっとったホラーサスペンスなのである。

著者はもともと怪奇小説や怪奇映画のファンであり、自らも数多くのホラーものを手掛けている。ヴァンパイアものでも『吸血鬼はお年ごろ』（集英社文庫他）に始まる神代エリカのシリーズなどは二〇一〇年八月の時点ですでに二八作に及んでいる。エリカはトランシルヴァニアの正統な吸血鬼フォン・クロロック伯爵の娘という設定で、作風的にはオーソドックスな路線にのっとっているが、『魔女たちのたそがれ』と本書は異星人がヒトに化け密《ひそ》かに地球征服を謀る侵略SFや、何らかの原因でヒトがゾンビ化して人間社会を破滅に追いやる終末SFの手法を導入している。また本書のヴァンパイアは昼間でも活動出来るし、お茶漬けを食べることも出来る（!?）というあんばいで、従来のヴァンパイア像とはひと味異なるところにも特徴がある。

そうしたモダンホラー的なスタイルが、評論家の権田萬治も指摘しているように、「アメリカの恐怖小説作家スティーヴン・キング好み」であるのはいうまでもないだろう。本書が刊行された時代背景を考えると、直接影響を受けたのはアメリカの田舎に吸血鬼が現れ、次第に町が崩壊していくという『呪われた町』だろうが、中盤、前作にも出てきた県警の小西警部の八歳になる孫娘・千晶が登場して以後、さらなる趣向が立ち上がっていく。この少女に見つめられると心の底まで見透かされているような気にさせられるとあるように、千晶には何か特別な能力がそなわっており、それはやがてトンデモない事態をもたらすことになるのだ。スティーヴン・キングの読み手なら、『キャリー』や『ファイアスターター』といった一連の超能力ものを思い浮かべるに違いないが、その手の対決趣向もヴァンパイアものとしては従来にはない新味というべきだろう。

モダンホラーというとスプラッタな残酷描写を期待する向きもあるかもしれない。本書ではしかし、血まみれなイメージが喚起される場面は登場するし、殺人場面も出てくるけど、そのものズバリといった演出は周到に避けてある。「そもそも怪奇の魅力は、そのロマンティシズムにあるので、残酷さも耽美的な表現の一つであるべきなのです」(『三毛猫ホームズの映画館』角川文庫)と主張する著者だけに、モダンホラーにおいても恐怖演出の面では古典的な手法にこだわっているところがミソといえようか。

さらに注目すべきは、隠しテーマ。ホラーがエンタテインメントであると同時に、鋭い社会批判を孕《はら》んでいたりすることはよく知られていよう。本書でも忘れてならないのは、たとえばラストで河村老人がいうセリフ。彼はいう、「彼らは、自分たちから進んでここの町の支配者になったわけではない。谷で、彼らは静かに暮していたんです。それを逆に追い詰めて、滅ぼそうとしたのは、町の人間たちですよ。彼らは、自分たちの身を守るために、町を支配したんです」。ヴァンパイアたちの悲劇のありようは、強者が弱者を食いものにする国際政治や資本主義社会の現状をそのまま反映しているといったらうがち過ぎだろうか。

「この物語が一つの寓話で終ってくれることを、著者は願っている」という刊行時のメッセージからも、著者が単なる超自然の恐怖物語を描いたのではないことは明らかなように思われる。刊行後四半世紀がたって、この作品が古びない理由もそこにあるのだ。

初出

一九八七年三月　角川文庫

一九九七年八月　角川ホラー文庫

# 魔女《まじょ》たちの長《なが》い眠《ねむ》り

赤《あか》川《がわ》次《じ》郎《ろう》

平成23年 1月25日　初版発行
令和6年 12月10日　11版発行

発行者●山下直久

発行●株式会社KADOKAWA
〒102-8177　東京都千代田区富士見2-13-3
電話　0570-002-301(ナビダイヤル)

角川文庫 16639

印刷所●株式会社KADOKAWA
製本所●株式会社KADOKAWA

表紙画●和田三造


ISBN978-4-04-387022-6　C0193

# 角川文庫発刊に際して

角川源義

第二次世界大戦の敗北は、軍事力の敗北であった以上に、私たちの若い文化力の敗退であった。私たちの文化が戦争に対して如何に無力であり、単なるあだ花に過ぎなかったかを、私たちは身を以て体験し痛感した。西洋近代文化の摂取にとって、明治以後八十年の歳月は決して短かすぎたとは言えない。にもかかわらず、近代文化の伝統を確立し、自由な批判と柔軟な良識に富む文化層として自らを形成することに私たちは失敗して来た。そしてこれは、各層への文化の普及滲透を任務とする出版人の責任でもあった。

一九四五年以来、私たちは再び振出しに戻り、第一歩から踏み出すことを余儀なくされた。これは大きな不幸ではあるが、反面、これまでの混沌・未熟・歪曲の中にあった我が国の文化に秩序と確たる基礎を齎らすためには絶好の機会でもある。角川書店は、このような祖国の文化的危機にあたり、微力をも顧みず再建の礎石たるべき抱負と決意とをもって出発したが、ここに創立以来の念願を果すべく角川文庫を発刊する。これまで刊行されたあらゆる全集叢書文庫類の長所と短所とを検討し、古今東西の不朽の典籍を、良心的編集のもとに、廉価に、そして書架にふさわしい美本として、多くのひとびとに提供しようとする。しかし私たちは徒らに百科全書的な知識のジレッタントを作ることを目的とせず、あくまで祖国の文化に秩序と再建への道を示し、この文庫を角川書店の栄ある事業として、今後永久に継続発展せしめ、学芸と教養との殿堂として大成せんことを期したい。多くの読書子の愛情ある忠言と支持とによって、この希望と抱負とを完遂せしめられんことを願う。

一九四九年五月三日

# 角川文庫ベストセラー

赤川次郎ベストセレクション⑥
## 探偵物語
赤川次郎

辻山、四十三歳。探偵事務所勤務。だが……クビが危うくなってきた彼に入った仕事は。物語はたった六日間。中年探偵とフレッシュな女子大生のコンビで贈る、ユーモアミステリ。

赤川次郎ベストセレクション⑦
## 殺人よ、こんにちは
赤川次郎

今日、パパが死んだ。昨日かも知れないけど、どっちでもいい。でも私は知っている。ママがパパを殺したことを。みにくい大人の世界を垣間見た十三歳の少女、有紀子に残酷な殺意の影が。

赤川次郎ベストセレクション⑧
## 殺人よ、さようなら
赤川次郎

『殺人よ、こんにちは』から三年。十六歳の夏、過去の秘密を胸に抱き、ユキがあの海辺の別荘にやってきた。そして新たな殺人事件が！　大人への階段を登り始めたユキの切なく輝く夏の嵐。

赤川次郎ベストセレクション⑨
## 哀愁時代
赤川次郎

楽しい大学生活を過ごしていた純江。だが父親の浮気で家庭はメチャクチャ、おまけに親友の恋人を愛するようになって……若い女の子にふと訪れた、悲しい恋の顚末を描くラブ・サスペンス。

赤川次郎ベストセレクション⑪
## いつか誰かが殺される
赤川次郎

大財閥永山家当主・志津の70回目の誕生日。今年もまた毎年恒例の「あること」をやるために、家族たちが屋敷に集った。それは一言で言うと「殺人ゲーム」である……欲望と憎悪が渦巻く宴の幕が開いた！

# 角川文庫ベストセラー

## 死者の学園祭
赤川次郎ベストセレクション⑫
赤川次郎

M学園の女子高生3人が、立ち入り禁止の教室を探検した後、次々と死んでいった。真相を突き止めようと探る真知子に忍び寄る恐怖の影！　17歳の名探偵が活躍するサスペンス・ミステリ。

## 長い夜
赤川次郎ベストセレクション⑬
赤川次郎

事業に失敗、一家心中を決意した白浜省一に、ある男から「死んだ娘と孫の家に住み死の真相を探ってくれれば、借金を肩代わりする」という依頼が。喜んで引き受けた省一。恐ろしい事件の幕開けとも知らず――。

## 愛情物語
赤川次郎ベストセレクション⑭
赤川次郎

赤ん坊のときに捨てられ、今はバレリーナとして将来を期待されている美帆、16歳。彼女には誕生日になると花束が届けられる。「この花の贈り主が、本当の親なのかもしれない」、美帆の親探しがはじまるが……。

## 魔女たちのたそがれ
赤川次郎ベストセレクション⑮
赤川次郎

「助けて……殺される」。かつての同級生とおぼしき女性から、助けを求める電話を受けた津田は、同級生の住む町に向かう。恐るべき殺戮の渦に巻き込まれるとも知らず――。巧みな展開のホラー・サスペンス。

## 早春物語
赤川次郎ベストセレクション⑰
赤川次郎

父母とOL1年生の姉との4人家族で、ごくありふれた生活を過ごす17歳の女子高生、瞳の運命を、1本の電話が大きく変えることになるとは……大人の世界に足を踏み入れた少女の悲劇とは――？

# 角川文庫ベストセラー

## 恐怖の報酬
赤川次郎

大切な来客の駐車場を予約しそこなった昭子が焦っていると、運良くキャンセルが出て事なきを得た。しかしその空きは交通事故によるもので……ささいな出来事をきっかけに、ぞっとするような世界へ誘う4編。

## 夜
赤川次郎

突如、新興住宅地を襲った大地震。道路が遮断され完全に孤立する15軒の家々。閉鎖された極限状態の中、人々の精神は崩壊しはじめ……恐怖、混乱、そして死。サスペンス色豊かな究極のパニック小説。

## 今日の別れに
赤川次郎

男と女のあわい恋心が、やがて大きなうねりとなって、静かな狂気へと変貌していく。過去の記憶の封印が、いま解かれる——。ファンタジックホラーの金字塔、待望の新装版。

## 黒い森の記憶
赤川次郎

森の奥に1人で暮らす老人のもとへ、連続少女暴行殺人事件の容疑者として追われている男が転がり込んでくる。人嫌いのはずの老人はなぜか彼を匿うことにして……。

## スパイ失業
赤川次郎

アラフォー主婦のユリは東ヨーロッパの小国のスパイをしていたが、財政破綻で祖国が消滅してしまった。入院中の夫と中1の娘のために表の仕事だった通訳に専念しようと決めるが、身の危険が迫っていて……。

# 角川文庫ベストセラー